余英時雜文集

余英時 著

余英時文集編輯序言

聯經出版公司編輯部

余英時先生是當代最重要的中國史學者，也是對於華人世界思想與文化影響深遠的知識人。

余先生一生著作無數，研究範圍縱橫三千年中國思想與文化史，對中國史學研究有極為開創性的貢獻，作品每每別開生面，引發廣泛的迴響與討論。除了學術論著外，他更撰寫大量文章，針對當代政治、社會與文化議題發表意見。

一九七六年九月，聯經出版了余先生的《歷史與思想》，這是余先生在台灣出版的第一本著作，也開啟了余先生與聯經此後深厚的關係。往後四十多年間，從

《歷史與思想》到他的最後一本學術專書《論天人之際》，余先生在聯經一共出版了十二部作品。

余先生過世之後，聯經開始著手規劃「余英時文集」出版事宜，將余先生過去在台灣尚未集結出版的文章，編成十六種書目，再加上原本的十二部作品，總計共二十八種，總字數超過四百五十萬字。這個數字展現了余先生旺盛的創作力，從中也可看見余先生一生思想發展的軌跡，以及他開闊的視野、精深的學問，與多面向的關懷。

文集中的書目分為四大類。第一類是余先生的**學術論著**，除了過去在聯經出版的十二部作品外，此次新增兩冊《中國歷史研究的反思》古代史篇與現代史篇，收錄了余先生尚未集結出版之單篇論文，包括不同時期發表之中英文文章，以及應邀為辛亥革命、戊戌變法、五四運動等重要歷史議題撰寫的反思或訪談。《我的治學經驗》則是余先生畢生讀書、治學的經驗談。

其次，則是余先生的**社會關懷**，包括他多年來撰寫的時事評論（《時論集》），以及他擔任自由亞洲電台評論員期間，對於華人世界政治局勢所做的評析（《政論集》）。其中，他針對當代中國的政治及其領導人多有鍼砭，對於香港與台灣的情勢以及民主政治的未來，也提出其觀察與見解。

余先生除了是位知識淵博的學者，同時也是位溫暖而慷慨的友人和長者。文集中也反映余先生**生活交遊**的一面。如《書信選》與《詩存》呈現余先生與師長、友朋的魚雁往返、詩文唱和，從中既展現了他的人格本色，也可看出其思想脈絡。《序文集》是他應各方請託而完成的作品，《雜文集》則蒐羅不少余先生為同輩學人撰寫的追憶文章，也記錄他與文化和出版界的交往。

文集的另一重點，是收錄了余先生二十多歲，居住於**香港期間**的著作，包括六冊專書，以及發表於報章雜誌上的各類文章（《香港時代文集》）。這七冊文集的寫作年代集中於一九五〇年代前半，見證了一位自由主義者的青年時代，也是余先生一生澎湃思想的起點。

本次文集的編輯過程，獲得許多專家學者的協助，其中，中央研究院王汎森院士與中央警察大學李顯裕教授，分別提供手中蒐集的大量相關資料，為文集的成形奠定重要基礎。

最後，本次文集的出版，要特別感謝余夫人陳淑平女士的支持，她並慨然捐出余先生所有在聯經出版著作的版稅，委由聯經成立「余英時人文著作出版獎助基金」，用於獎助出版人文領域之學術論著，代表了余英時、陳淑平夫婦期勉下一代學人的美意，也期待能夠延續余先生對於人文學術研究的偉大貢獻。

編按：書中所引之西方專有名詞、人名，盡可能採取作者原本之譯名，不特意改為現今常見之譯名。

目次

余英時文集編輯序言 003

輯一　學林憶往

論學者之宗主與門戶
——余英時校友由美上書錢院長 015
有感於「悼唐」風波 019
血淚凝成真精神 029
追憶牟宗三先生 033
追憶費景漢先生 041
我所認識的錢鍾書先生 045
追記與唐長孺先生的一次會談 055
中國史學界的樸實楷模
——敬悼嚴耕望學長 065

悼念邢慕寰教授 077
一座沒有爆發的火山
——悼亡友張光直 079
「寧鳴而死，不默而生」
——在劉賓雁追思會上的發言 091
儒家傳統　新亞精神
——敬悼孫國棟兄 099
追憶揭露文革真相的澳大利亞漢學家李克曼 105
懷念趙復三 109
悼念老友劉述先兄 113
悼念中文拼音之父周有光 121
悼念志天表哥 125

輯二　文字因緣

對《當代》的期待 129
「議林」釋義 133
談歷史知識及其普及化的問題 137
欣聞《九十年代》發行台灣版
——為《九十年代》台灣版寫幾句話 147
《當代中國研究》出版祝詞 149
更新文化而不失故我
——為《文化中國》創刊而作 153
堅持一天是一天 155
「天地閉，賢人隱」的十年 157
晚節與風格 165

容忍與自由 169
——《觀察》發刊祝詞

報運與國步 173
——為《聯合報》創刊四十周年作

惕老，中國報業史上的巨人 179

「誰與斯人慷慨同！」 181

感受和回憶 187
——紀念聯經出版公司四十周年

時報文化基金會成立祝詞 193

政府和社會的諍友 201
——《中國時報》四十周年獻詞

無徵不信，立言不朽 205
——《中國時報》五十周年獻辭

舊聞與新聞——壽宗老紀忠先生九十 209
一位尊人愛國的偉大書生 217
方聞的藝術史研究 223

輯一

學林憶往

論學者之宗主與門戶

——余英時校友由美上書錢院長

賓師賜鑑：

頃奉月之六日　手教，敬悉種切。新亞學術年刊既與學報為二事，而雙方均有不能推辭之處，生無論如何亦必當儘量趕出二文。不過學術年刊方面之文字或恐不能太精審耳。生到美多年，僅為新亞學報撰過一文，且是在港時之舊稿改成，此外亦別無為母校盡力之事，此心時覺歉然。今能有此機緣，略補報欠負之重，固所願

也。吾

師函中述及畢生治學之深心宏願，與夫平時持論之嚴正，生循誦再四，既慚且愧；感受之深切，實有甚於當頭棒喝。生平日嘗自許，謂善讀吾師之書，且受　師隨處指點開導之日亦不為少。今誦　師函，始知往昔所知解者，實僅限於語言文字之間。至於吾　師為學之真精神，以及以承先啟後為己任之氣概，生實未能領略其萬一。如此為學，極其所詣，亦不過一經生而已。古人每慨真傳之不易得，豈虛語哉！章實齋云：學不可無宗主，而必不可有門戶，吾師平時教弟子，亦常以此為言。生當時亦深服其旨，以為不可易。及今思之，則所解者最多不過是下半句耳！且若於上半句無所透悟，下半句亦成空語。何以言之，蓋華夏學術，素重家法，而所謂一家之言，固遠非文字之事所可限。尤要者乃在弟子對師門之根本精神，亦即學術生命之本源，須有所透入。為學與做人既不可分，講學與修德遂亦不容不並進。宋明儒以來，此一精神更得進一步之發揮，朱陸之異，固不僅為治學方法之異，而實源於宇宙觀，文化歷史觀，以至人生觀之種種不同。故象山雖推許晦翁為泰山喬岳，而猶謂其學不見道。天陸之異，正二家特殊精神之所由見，豈可徒以治學方法為之說乎？具體問題之研究，為訓詁考證之類，其事常為後來居上，學者不貴於此等處固執師說。至若為學之根本精神，或主由博返約，或重先立其大，雖可因學者個人才性之不同而有所去取，然終不能無所宗主，此師承家法之所以為可貴也。近世以來，由於受西方職業分途日趨瑣碎之影響，中國學者幾已全不知有家法，亦不瞭先儒榘矱之可寶重，於是視一切著述為純粹紙墨之事，而等量齊觀之。以如是之眼光讀古人之書，其所得者不過糟粕，於古人著述背後之真精神全失之矣。今世淺人著書，好事鋪張，專意炫耀，驟視之誠似超邁前儒，細按之則殊乏卓絕之見，所爭者已不在宗主，所餘者亦但為門戶而已。實則所謂不可無宗主者，即指治學之根本精神言，所謂必不可有門戶者，即謂根本精神已喪，而猶斤斤於一家一派之文字末節也。生前此於實齋之言固未有深切之了解，故但知門戶之不可有，而實則已自失其宗旨，不知宗主既失，門戶之有無已只是百步與五十步之差耳。此次讀吾
師信後，深自慚責，反復思維，始知病源之所在。生前函妄為調和折衷之論，枉尺而直尋，有負　師教多矣。吾　師謂：「不能自掩其誠為不痛不癢不盡不實之游辭，又云：心之所是不得不言，學有所見不得不自信，此數語使生開悟實多。此後無論治學做人，均當奉此為圭臬。惟自分性至愚昧，復多理惑，又值此學絕道喪之

際，若不得具巨眼卓識之人如吾師者時時為之開導啟發，實恐隨時均有誤入歧途之危險也。即上所云云，亦未知究有當否，尚乞暇時有以　教之為感！

受業余英時　敬上

（原載《新亞生活》第二卷第三期，一九五九年六月）

有感於「悼唐」風波

我離開新亞書院的工作崗位已整整三年了。三年來對於新亞和中文大學之間的種種是非恩怨，我始終保持著緘默。我在新亞兩年的感受如何，這純粹是我個人的事，我既不需要任何人的同情和支持，讓這些往事永遠從記憶中消失了最好。但是最近幾個月來，香港的朋友們曾不斷地寄給我一些剪報，其中涉及《華僑日報》隱名醜詆某位朋友、和最近關於徐訏先生所謂「誹唐」案的風波。徐訏先生在「『評徐』與『悼唐』」一文中，討論了「新亞精神」的問題，並曾一再地提及我的名字。我有一點深刻的感觸，不能不說出來。不過我仍然要堅持不涉及任何個人，因為我所關心的只是和新亞有關的一種言論的風氣，而不是對任何個人下道德判斷。從現代的民主的觀點說，沒有人有資格去判斷別人的道德高下。歷史家雖有時不免要下道德判斷，但也必須等待一切客觀的證據搜集完備之後才能得出結論；而且這種結論還難保以後不被翻案。

自從中文大學改制以來，特別是唐君毅先生不幸逝世以來，香港的言論界激起了一股同情以至哀悼新亞書院的熱流。這自然是很值得新亞師友感念的。新亞創校人在文化教育的理想上和後來的中文大學有嚴重的分歧，這是不可否認的事實；而雙方在行政問題上有正面的衝突，那更是人人看得見的事實。這種分歧和衝突，分析起來，內容極不簡單，我不想在此多說。不過有些論者似乎未免把中文大學和新亞書院之間的爭執加以絕對地道德化了：即一方面代表邪惡、無恥、齷齪，而另一方面則代表正義、理想、乾淨。這一點頗使我不安。我個人對中國文化傳統所表現的一些基本價值，是十分尊敬的。如果我對中國的傳統有所批評，其中最主要的一點便在這種道德的絕對論的方面。因此我不願意看見新亞書院繼承這一方面的中國傳統。根據我個人的親身體驗，我並不覺得中文大學是任何少數人可以為所欲為的無法無天的所在。而且我們必須要把大學行政系統和整個中文大學分開來看待。如果說以往大學本部的行政系統（注意：不是指任何一兩個人）處於居高臨下的優勢地位，因而限制、甚至壓迫了各基礎書院，這確是發生過的事。不用說，我個人在這一點上是同情各書院的，特別是新亞書院。這絕不是我事後說風涼話，我相信當年參加過、和了解改制「工作小組」的人們可以為我作證，而且我們的報告書的內容也可以證明我的說法。我覺得以往大學行政系統有時不免缺乏雅量，而且對各基礎書院疑忌過甚。（最顯而易見的，大學印行的地圖中，完全找不到三個基礎書院的影子，即是一例。）這種疑忌心理製造了不必要的緊張氣氛。但即使在這種地方，我還是把雙方的對抗，主要看成是「角色的衝突」（conflict of roles）、觀點的衝突。我看不出有什麼充足的理由，一定要把它解釋為道德上的邪正之分、君子與小人之別。衝突之事，社會上無處無之，再小的團體也不能例外。有的衝突來自理想的殊異，有的出乎利害之不易調和，有的則起於工作本位的不同……。不幸在中國的傳統中，一旦形成任何對立，雙方（或多方）總是要把它加以道德化，使己方代表正義，而將對方在道德上判處死刑。己方既為正義的化身，罵起對方來自然就氣壯山河；至於其中究有幾分「理」在，那就不暇顧及了。從中國傳統中轉出民主精神來（尤其是容忍異己的精神）所以如此困難重重，其中難道沒有可以使我們深刻反省的所在嗎？

就整個中文大學而言，這十幾年來它的進步是不能輕易加以抹殺的。這種進步自不能歸功於任何一方面，更不宜算在少數個人的帳上。其中每一個中文大學的分子都有或多或少的貢獻。而在背後支持著中文大學的，則是整個香港社會和全體納稅人。新亞書院作為中文大學的一個組成部分而言，也至少有三分之一左右的功績。另一方面，中文大學和一切社會機構一樣，當然存在著一些缺點；缺點的造成也是要大家共同負責的。我當然不是在宣揚任何意義的平均主義。中文大學的功與過，細算起來，總不免有些單位與個人所負的責任大些，有的則較少。我今天不是要討論這個問題，而且也沒有資格討論這個問題。我只想指出中文大學的進步是主要的，缺點是次要的。十餘年來，無論就師生的平均學術水準、或整個大學的物質設備而言，中文大學都是在走上坡路，而不是一味在墮落。新亞書院是中文大學的一個有機部分，作為新亞的早期校友，我覺得我有義務要為母校說一句公道話。說公道話決不是給新亞或中文大學塗脂抹粉，硬來製造一個十全十美的形象；但由於要說公道話，我也不願意把今天的新亞和中文大學所仍存有的一些毛病加以過度的渲染，使社會人士完全看不到其正面的價值。

新亞書院創校垂三十年；前十五年是以錢穆先生為主體，在艱苦中撐持，後十餘年則是以唐君毅先生為主體，在困難中奮鬥。這些不可磨滅的功績會永久留在新亞的校史上，也終將匯為中國文化大流中之一點一滴。文化本來就是這樣一點一滴地積累起來的。白鹿洞書院、象山書院、東林書院……今在何處？然而當年宋明學者社會講學的一段精神早已溶入中國文化傳統之中，成為中國教育遺產中不可分割的一部分了。老實說，中文大學、以及新亞書院究竟將來是否會像巴黎大學、牛津大學、劍橋大學等一樣，長期存在於歷史上，這是誰也不敢預言的。中國文化以悠久著稱，然而中國的傳統學府則缺乏延續性，這本是一個最應引起我們深思的歷史現象。從個人的情感出發我是希望看到新亞書院有長久的生命的；雖則我深知在長期的發展過程中，一個團體的精神總不免要隨著時代的不同而不斷地改變。從歷史的觀點看，只要這種改變是為了正面擔當起學術教育的時代任務，其意義將是肯定的而不是否定的。

近來討論所謂「新亞精神」的人，儘管觀點對立，卻似乎有一個共同的前提，即以新亞創校時代的「精神」籠罩新亞的全部生命。其實新亞書院的最中心意義是對中國文化傳統予以基本的肯定。至於創校的某些特徵如因人設事的制度彈性、物質設備之貧乏、課程之不完備等等，則是當時惡劣的客觀條件所造成的。我們似乎不能把這些先天缺陷當作「新亞精神」的主要內容。我在三四年前即曾一再說明「新亞精神」應該以學術正規化為其最新的表現方式了。新亞書院一直在發展成長的過程中，豈能一切拘限於桂林街時代的規模與風格？而且更重要地，我們還要在新亞創始人的個人特性和學校本身的團體精神之間作一種適當的劃分。一切社會團體，在其初創時都多少表現創造者的某些個性；但由於團體的生命長於個人，這些原始的個性最後終於會逐漸消失的，這即是所謂「疏離」（alienation）的問題。唐君毅先生有一次演講就用「人創造的東西最後離開了創造的人」這句話，來界說「疏離」。這是唐先生具有「哲學智慧」的表現。

如果新亞書院今天不盡符創校人的理想，其一部分原因也在這裡。然而全面地看，今天的新亞在肯定中國文化的基本價值這一方面，我覺得並沒有違背當初立校的根本原則。而且，在這一大原則之下，無論將來新亞所表現的特殊面目如何與桂林街時代不同，錢、唐諸位先生的講學精神都將與學校共存的。我們不妨想想，難道今天的巴黎、牛津、劍橋諸大學都是嚴格地遵守著中古宗教時代的原始精神嗎？「生而不有，為而不恃，功成而不居」——這是一切以公心從事於文化教育工作的人所必具的雅量。

今天有些偏愛新亞老傳統的人不勝其哀悼之情，這是不難理解的。尤其是校外人士，沒有利害動機在內，其所表現的誠意更是十分可敬的。但是在這些哀悼之情的後面卻無意中隱藏一個未經檢討的假定，即今天托身在中文大學之內的新亞書院，由於新亞研究所的宣告獨立和舊董事會的一部分董事的退出，已經墮落到不堪聞問的地步了。這一基調反覆地出現在許多悼念文字之中。這使我不免要為今天的新亞書院叫屈。當大家以如此的方式來哀悼唐先生和懷念新亞的過去之際，有沒有想到其反面所透露的涵義是什麼呢？這將置今天的新亞師生於何地呢？

唐君毅先生晚年揮魯陽之戈以返落日，其百折不撓的精神是大家都看得見的。在這種孤軍苦鬥的過程中，他自然需要得到一切可能得到的精神援助。有些追隨他的人到各報刊上去化名投稿。對異己者大張撻伐，他也許知道，也許不知道。如果知道而不加阻止，則正足見其內心之淒苦。其事雖未必足喜，其情則彌覺可哀。孔子要「鳴鼓而攻之」的是自己的學生，故只限於清理門戶，而不是打擊異己。（論語的「攻乎異端，斯害也已」，歷來理學家曾有好幾種解釋，此不具論。而且即使照普通的說法，也只是衛道，而不是人身攻擊。）孟子距楊墨，也是自己正大光明地站出來，在理論上與別人較量勝負。唐先生生平最服膺孔、孟之道，而且主張對一切價值都加以肯定，那麼在思想上追隨他的人，無論是私淑還是受業，似乎也應該以孔孟之徒自期。但是據我所讀到攻訐某位朋友和徐訏先生的文字而言，則於孔門的恕道不免適得其反。後世的人如果通過這類文字去了解唐先生，會不會竟因而發生疑問：即唐先生生前傳道授業之際，究竟對門徒輩說了些什麼呢？

徐訏先生追憶唐先生的大文，我最初是在《聯合報》航空版上讀到的。也許由於我個人的「道德警覺性」太弱，我一點也沒有察覺到其中有什麼惡意。徐先生時有文學家的幽默筆觸，並不板起臉來作一本正經狀，更缺乏「哲人其萎，梁木其摧」的套語，這誠然不合傳統悼文的體例。但他所寫的是一己的真實感受，則是無可置疑的。唐先生在他的筆下也的確沒有「聖化」，只是真實世界上所見得到的一個人而已。這當然更是此文招來這樣大的風波的主要關鍵的所在。不過我們應該知道，徐訏先生是受西方近代文化影響很深的人，而西方的傳記文學與中國「行狀」傳統大異其趣的。十九世紀德國最偉大的史學家是蘭克（Leopold von Ranke）。當時有人曾問過黑格爾，蘭克究竟是怎樣一個人。黑格爾答道：「他只是平平常常的一個史學家。」現代的史學家卻把黑格爾這句話看作對蘭克的最高的禮讚。他們都只想成為「一個平平常常的史學家」。中外傳記觀念之不同如此。徐先生從未謠言他和唐先生在思想上的根本分歧；事實上，他對這種分歧表現得十分誠懇而坦率。無論如何，這樣的文字不能構成惡意誹謗的罪狀。其實中國傳記史上也並不是完全沒有西方式的真實記錄。蘇東坡說，他生平最厭惡程伊川的姦偽。後人固無人相信東坡之說，卻也無人因此罵蘇東坡為「小人」。這不過是理學家與文學家的氣質不同而已。即在理學家之間，陸象山曾斥朱子「學不見道，枉費精神」。而朱子去弔陸象山之喪，更公然說「可惜死了告子」。這在象山並不是狂妄，在朱子也決非輕薄。他們都誠實得可愛。

唐先生已去了。如果他生前曾留下了任何人事上的遺憾，愛護他的後學只應儘量設法化解，而不能再在火上添油，把矛盾擴大並惡化。對於在情感上無惡意而在思想上有異同的唐先生生前相知，尤宜敬禮有加。用醜化異己的方式來完成「個人崇拜」，其結果往往是求榮反辱。這樣的例子歷史上太多了。

牟宗三先生曾說唐先生是「文化意識的巨人」，而不是「哲學的巨人」。但唐先生畢竟是一生以哲學為專業的人。在思想上追隨唐先生的人，似乎正該發憤彌補這一美中不足之處。在今後的思想界，「文化意識」也許可以服人之心，但必須有經得起辯駁的「哲學」才可以同時服人之口。有志於紹述唐先生之學者到底是走凝鍊理性的路呢？還是走發洩情緒的路呢？現在已到了抉擇的關頭了。

（原載《明報月刊》第十三卷第八期，一九七八年八月）

血淚凝成真精神

徐復觀先生一生的成就，最可以用一部書作象徵——即他早期的著作《學術與政治之間》。

民國三十八年以前，他的工作偏重於政治，三十八年以後，工作重心轉移，對於學術研究，投注相當多的心力。但是在這兩者之間，我們平心以觀，徐先生的生涯是政治中有學術，用學術來指導政治生活，因此他正式拜熊十力為師，乃是中年從政的時代。當時他希望以政治工作挽救中國的危機，三十八年以後，他體認到政治工作的解決，必須有更深刻的學術思想體系作根本，因此由政治轉移到學術，這便是他晚年教書、治學、寫文章的緣由。

在晚年學術研究的工作上，徐先生經常反映出早年的政治經驗，中國近年來政治方面的發展，深深影響著他對文學、思想以及歷史的判斷。他自己常說，他的古典研究，深受時代的啟發，如果不是時代提出許多問題，他不會在古典作品中，發現那麼許多有意義的題目。

徐先生的一生，與學術、政治二者，都有著關係。近代的知識分子也有不少是如此的，但不同的是，很少人能夠像徐先生一樣深入到政治與學術之中，很多知識分子都是徘徊在政治與學術的邊緣，對兩者都沒有深刻的了解，不如徐先生在這兩方面的突出。也許我們不一定都同意徐先生對學術課題所下的結論，但是我們都應該尊重他追求結論的那股真實的精神。

就現在的學派來說，徐先生是熊十力以來，中國新儒家的重要人物，在海外這三十多年來，新儒家的影響力量，主要是三位學者建立起來的，一位是已經過世的唐君毅先生，他是以文化、哲學為主要的工作範圍。另一位是牟宗三先生，他是以儒家的形而上學為中心。此外，便是徐復觀先生了，徐先生以實際政治工作的經驗，反映了對歷史更深刻的認識。三位新儒家中，只有徐先生是以歷史的經驗，發掘思想的問題，這並不是說徐先生的工作比唐、牟兩先生重要，而是他把握歷史的關鍵，對一般讀者能有更深刻的啟發。

徐先生治中國思想史，分從歷史與思想兩條線索同時進行，最後幾年，尤重於兩漢思想方面，我看過他有關這方面的專著，至少有四種。去年他告訴我，一部漢代經學的歷史很快就要出版了，就以著作的總量來看，徐先生的成就亦是十分驚人。

我想在現代學術史上，徐先生扮演的是一個十分重要而特殊的地位。他的學術經驗和政治經驗一樣，可以說都不是正統的，但是其價值正在這種地方，他在價值上並不追攀主流或當權派，學術上也表示出偉大的異端的精神。

他的追求的方向，基本上是一個「真」字，但是這種真理的「真」，是有血有淚的，不是枯燥的理性或沒有內容的空洞型式。

我自從一九七三年到香港，和徐先生認識相交，十年來一直受到他的鼓勵，雖然我們在思想、學術上存在著一些細微的差別，但我對徐先生關懷後輩，提倡學術的苦心，始終十分感謝。

（原載《中國時報》，一九八二年四月二日）

追憶牟宗三先生

昨天（四月十二日）晚上，楊澤兄傳來訊息，牟宗三先生逝世了。前幾天我已在《中央日報》海外版讀到牟先生病重入醫院的一則報導，所以初聞牟先生的死訊並不覺得十分突然，但是悽愴之感襲來，久久不能自已。百忙中寫此短篇，姑以誌個人對他的懷念和敬意。

牟先生是當代新儒家的最後一位大師，他的逝世在二十世紀中國儒學史上劃下了一個清晰的階段——一個「承先啟後」的階段。就「承先」方面說，牟先生和唐君毅先生都繼承了熊十力先生所開創的形上思辯的新途徑。但是他們並不是墨守師說，而是各有創造性的發展。熊先生出於中國舊傳統，故只能借佛學來闡發儒學，唐、牟二先生則深入西方哲學的堂奧，融匯中西之後，再用現代的語言和概念建構自己的系統。大體上說，唐先生近黑格爾，而牟先生則更重視康德。但是他們彼此之間又互有影響，在六十年代之前，至少外界的人還看不出他們之間的分別所在。我敢說，如果熊先生沒有這兩大弟子，他的哲學今天大概只有極少數的專門學者才略有知，而海外也不會有「新儒家」的興起了。唐、牟兩先生之於熊先生，正符合了禪宗所謂「智過其師，方堪傳授」。（此所謂「智過其師」並不是說「智力」超過老師，而是說在某些問題的理解方面突破了老師的範圍。讀者幸勿誤會。）

就「啟後」方面說，唐、牟兩先生的貢獻更大。他們最初分別在香港和台灣講學，造就了不少哲學後進。從六十年代初到七十年代末，牟先生和熊先生的另一高弟徐復觀先生都到了香港，而且稍後都集中在新亞書院，那一段期間可以說是新儒家的極盛時代。記得一九七五年七月初，哈佛大學的史華慈教授訪問牛津大學後過香港小住，曾要我安排他和新儒家幾位先生晤談，並且特別提出想見見牟先生。事後他對我說你們新亞這個哲學團體是非常有特色的。我沒有參加這次集會，但我猜想牟先生的談論一定給他留下了深刻的印象。

唐、牟兩先生都有不少入室弟子。但一則唐先生去世太早（一九七八年），再則台灣學術文化的氣氛畢竟較香港濃厚，因此八十年代以來，牟先生門庭的盛況漸漸超過了唐先生，而且唐、牟兩先生晚年論學也出現了分歧。如果借用「一心開二門」的比喻，則熊十力先生創始的新儒家也開出了唐、牟二門。但是我並不認為「分」有什麼不好。明代王學分派在陽明生前已見端倪，現代學術更是在不斷分化中日益豐富起來的。所以新儒家「開二門」正是它具有內在生命力的表現。相反地，如果以表面的勉強統一掩飾思想上實質的分歧首先便通不過儒家傳統中「誠」的一關。但是新儒家雖有二門，其大方向仍然一致。這是有益無損的。

總之，無論就「承先」或「啟後」而言，牟宗三先生都取得了「智過其師」的卓越成就。關於牟先生在中國哲學上的貢獻，自有他的及門弟子和哲學界的同行去作適當的評估。我沒有發言的資格。下面我只想追憶一下和他交往中的幾個片段。

一九七三年秋季，我剛剛任事新亞書院，忽然收到牟先生一封親筆長信。我當時很詫異，因為我和牟先生還算是初識，而且私人間並無交往。但讀下去我才知道，這並不是一封私函，而是哲學系主任給新亞校方的公文。信中所談的是一件小事。當時新亞書院剛從農圃道遷到沙田新址，哲學系所分配到的辦公室恰恰是在一個最不理想的地方。牟先生認為這不是偶然事件，而是新亞總務處方面對哲學和中國文化完全不知尊重的表現。信中的語氣相當嚴重，並且連帶指出了哲學系為何受歧視的種種事跡。我當然趕快請他前來，一同去察看實況，然後作了使他滿意的處理。這是我任職新亞最早的一件公事，也是我和牟先生之間唯一的一次公事交涉（一九七四年牟先生便退休了），所以至今還記得很清楚。據我所知，牟先生在新亞從來不介意個人的名位、待遇。舉例來說，當時香港中文大學對教職員的房租津貼已提得很高。不少人都因此依照津貼的最高額遷居到較為高級的寓所。但牟先生仍然住在農圃道附近一所據說是十分簡陋的房子裏，從沒有想到要改善自己的生活。但現在為了哲學系的辦公室，他卻不惜全力抗爭。在一般人的眼光中，牟先生似乎不免「小題大作」，顯得很「迂」。其實這正是孟子的「義利之辨」在那裏發生作用，他把哲學系辦公室看成了「道」的象徵。他可以完全不計較一己的得失，但卻不能讓「道」受到一絲一毫的委屈。現代人往往指責儒家「公私不分」，牟先生此舉恰恰可以澄清這一普遍的誤解。儒家自有其「公」、「私」的分際，在這種基本原則上，舊儒家和新儒家之間根本便不存在異同的問題。

但是我在香港的兩年間（一九七三—七五），和牟先生的交遊主要限於圍棋方面。他的棋力雖不甚高，但非常愛好此道。牟先生在哲學上極能深思，然而他下棋則恰恰相反，直是不假思索、隨手落子。我相信他下棋主要是為了調劑他的哲學思考，所以超越勝負之念，其境界近乎蘇東坡所說的「勝固欣然，敗亦可喜」。我授他四個子，下過很多盤，但他每次都是「可喜」，而不曾嘗過「欣然」的滋味。當時武俠小說大師查良鏞也是香港的一個大棋迷，和牟先生與我也都很相熟。他家中有棋會，總是約我和牟先生參加。每次都是我順道帶牟先生乘車同往，弈至深夜才盡興同返。一九七四年夏天，新亞書院出面邀請台灣的圍棋神童王銘琬（現在已是日本的九段高手）來香港訪問。這是當年轟動香港圍棋界的一大盛事，電視與報章都爭相報導。這幾天之中，牟先生也特別興奮，幾乎無會不與。有一晚王銘琬等在我的寓所下四人聯棋，牟先生和其他少數棋友旁觀，一直到深夜棋散，他才離去。

無論是枰上手談或是枰邊閒話，牟先生給我留下的印象都是率真和灑落，不帶半點矜持之態。事實上，棋侶在「游於藝」的聚會中，主客都已進入「坐忘」的境界。牟先生的藝術興趣很廣，從小說到京戲他都能欣賞。有一次在查良鏞先生家，棋罷清言，他曾評論過查先生的武俠小說。我還記得他特別稱許《鹿鼎記》的意境最高，遠在其他幾部膾炙人口的熱鬧作品之上。查先生許為知言。又有一次是新亞的春節聯歡會，有胡琴伴奏，他曾迫不及待地清唱了一段「打漁殺家」。後來我才發現他早年還寫過評論《紅樓夢》和《水滸傳》的文字。

我和牟先生相聚的時候，幾乎從來沒有談過任何嚴肅的問題。只有一次，已不記得是什麼場合，我們曾討論及新亞哲學系的未來。他忽然很鄭重地表示，他和唐先生都應該趕快站遠點，好讓下一代的人有機會發抒自己的思想。他回憶在北大追隨熊先生的時期，雖然已完全認同了熊先生的論學宗旨，卻不願亦步亦趨地跟著熊先生講《新唯識論》。相反地，他轉而去研究西方哲學，因此後來才能在不同的基礎上發揚師說。他並且用了一個比喻，說他和唐先生好像是兩棵大樹，這樹蔭太濃密，壓得樹下的草木都不能自由成長了。我只是聽他說，未便贊一詞。但我心裡則十分佩服他的識見明通。

對於牟先生的生平和家世，我一無所知。他是山東棲霞人，嘉慶時棲霞有牟庭（陌人），以考證見長，不知和他是不是一家。前幾年我偶然在《胡適的日記》中看到了一則有關牟先生的記載，多少透露了一點他在大學時代的學問路向。一九三一年春季胡適之先生重返北大授課，開了一門「中國中古思想史」，牟先生其時是哲學系二年級的學生，選修了這門課。胡先生在一九三一年八月廿八日的〈日記〉

中記錄了七十五個選修生的成績。牟先生的分數是八十分，但胡先生在分數後面加上了一條註語，說頗能想過一番，但甚迂。

這時牟先生似乎還沒有遇見熊十力先生，但可以看出他對中國思想傳統的根本態度已與「五四」以來的潮流格格不入，這大概是胡先生「迂」之一字的根據（「迂」不必是貶辭，司馬光即自號「迂叟」。）不過胡先生能特別注意到他「頗能想過一番」，畢竟還算有眼力。牟先生的思力曲折幽深，在大學二年級時便已開始發用了。他後來和熊先生深相投契，實由其特具的才性稟賦所促成，決不是偶然的。

如上所述，我和牟先生的交往甚疏，一九七五年以後便沒有機會再和他見面了。我雖不足以深知其學，但他的高潔的風格此時卻更清晰地浮現在我的腦海。故追憶二三事如上，以當悼念。

（原載《中國時報》，一九九五年四月二十日）

追憶費景漢先生

景漢猝然逝世，凡是認識他的朋友沒有不驚詫、不痛惜的。中國的老話雖說：「人生七十古來稀」，但以今天的平均壽命而言，七十四歲還是大有可為的年代。他實在走得太早了。今年七月初中央研究院院士會議期間，我和他天天相聚，他患了較為嚴重的感冒，聲音有異，我曾勸他要去診視，但我完全沒有想到，這竟是我們的最後聚首。

我認識景漢已有二十多年。大概是一九七三年，他在耶魯大學開了一門有關中國經濟史的課程，曾約我去為他的研究生談談這一方面的問題。他留我在他家中住了兩晚，但晚上他不談學術，而纏著我作「手談」——下圍棋。他的棋癮很大，一上棋枰便不肯罷手。同時他還在準備著上台表演京劇，下棋之後便練習「水袖」。他又是一個典型的「戲迷」。我因此才知道他原來是一個具有多方面的業餘興趣的人。同時他還嗜好中國古典詩詞，有些名篇他能背誦如流。這正是景漢的性格——多才多藝而趣味盎然。有他在場，聚會一定很熱鬧。我覺得他在生活上有很好的調濟，純理智的經濟學研究是他的專業，但業餘所追求的則是情感上的奔放。

一九七七年我從哈佛轉至耶魯任教，和景漢有整整十年的同事之誼，我們的交情更密切了。八十年代中，他曾一度寄宿我家，先後有一個月左右的時間，天天早出晚歸。晚上回來時，如果我恰好有空閒，他便不容分說地推著我上棋盤，而且一交手便不肯罷休。他在這種地方完全流露出一種未泯的童心。因為他仍有「童心」，所以他有時也能和我的孩子一起彈彈鋼琴，有說有笑。

他晚年治學轉向中國經濟史與傳統文化之間的關係，因此很注意我的《從價值系統看中國文化的現代意義》一文，曾一再加以引申發揮。最後幾年中，我們曾就此話題交換過不少意見，使我獲益不淺。現在景漢走了，我不但失去了一個手談的對象，也少了一位口談的朋友。謹草此短文以獻給在另一世界中的景漢。

一九九六年八月十四日

（原載《當代中國研究》一九九六年第二期，總第五十三期）

我所認識的錢鍾書先生

錢默存先生逝世的消息傳來，雖不感意外，卻不免為之愴神。我沒有資格寫正式的追悼文字，因為我們之間並沒有私交。但是二十年前，我以偶然的因緣，兩度接席，暢聆先生語妙天下，至今不忘。先生昔年輓陳石遺有「重因風雅惜，匪特痛吾私」之句。我寫此短文只能表達第一句之意。

一九七八年十月下旬美國科學院派了一個「漢代研究考察團」到中國大陸去作為期一個月的訪古，我也參加了。在北京時我提議去拜訪俞平伯、錢鍾書兩位先生，同團的傅漢思教授又提出了余冠英先生的名字。承中國社會科學院的安排，我們便在一天上午到三里河俞先生的寓所去拜訪這三位先生。開門的是默存先生。那時他已六十八歲，但望之如四、五十許人。如果不是他自報姓名，我是無論如何猜不出的。

交談在俞先生的客廳中進行，大致分成兩組：傅漢思主要是和余冠英談漢魏詩的問題，我和俞、錢兩位則以《紅樓夢》為開場白。但客廳不大，隔座語聲清晰可聞，因此兩組之間也偶有交流。事隔二十年，我已記不清和默存先生談話的內容了，但大致不出文學、哲學的範圍。當時大陸的思想空氣雖已略有鬆動的跡象，但層冰尚未融解，主客之間都得拿捏著說話的分寸。好像開始不久我便曾問他還記得他的本家賓四先生嗎？因為我知道關於他的一點背景主要是得自賓四師的閒談。這是間接的「敘舊」——中國人過去在初見面時常用的一種社交方式。他的表情忽然變得很幽默，說他可能還是賓四師的「小長輩」。後來我在台北以此詢之賓四師，賓四師說完全不確，他和錢基博、鍾書父子通譜而不同支，無輩份可計。但默存先生並不接著「敘舊」，我也知趣地轉變了話題。接著我好像便把話題移到《談藝錄》。他連說那是「少作」，「不足觀」。

這時隔座的余冠英先生忽然插話，提到默存先生有一部大著作正在印行中。默存先生又謙遜了一番。這是我第一次聽到《管錐編》的書名。他告訴我這部新書還是用文言文寫的。「這樣可以減少毒素的傳播」，他半真半假地說。（原話我已記不住了，但意思確是如此。）我向他請教一個小問題：《談藝錄》提到靈源和尚與程伊川二簡，可與韓愈與天顛三書相映成趣。但書中沒有舉出二簡的出處，究竟見於何處？他又作滑稽狀，好像我在故意測驗他的記憶力似的。不過他想了一下，然後認真地說，大概可以在元代《佛祖通載》上找得到。因為話題轉上了韓愈，我順便告訴他當時在台北發生的趣事：韓愈的後代正在為白居易「退之服硫黃，一病訖不痊」兩句詩打「誹謗」官司。我並補充說，照陳寅恪《元白詩箋證稿》的考證，似乎確有其事。但是他不以為然，認為「退之」是衛中立的「字」。這是方崧卿辯證中的老說法，在清代又得到了錢大昕的支持。默存先生不取陳的考證。後來在美國他又批評陳寅恪太「trivial」（瑣碎、見小），即指《元白詩箋證稿》中考證楊貴妃是否以「處子入宮」那一節。我才恍然他對陳寅恪的學問是有保留的。我本想說，陳氏那一番考辨是為了證實朱子「唐源流出於夷狄，故閨門失禮之事不以為異」的大議論，不能算「trivial」。但那時他正在我家作客，這句話，我無論如何當眾說不出口。

默存先生的博聞強記實在驚人。他大概事先已看到關於我的資料，所以特別提及當時耶魯大學一些同事的英文著作。他確實看過這些作品，評論得頭頭是道。偶爾箭在弦上，也會流露出銳利的鋒芒，就像《談藝銘》中說 Authur Waley「宜入群盲評古圖」那樣。但他始終出之於一種溫文儒雅的風度，謔而不虐。

第二次再晤是在美國。一九七九年春天中國社會科學院派出一個代表團到美國訪問。其時正值中共與美國建交之後，雙方都在熱絡期間。代表團的一部人訪問耶魯，其中便有默存先生和費孝通先生等。領隊的則是趙復三先生，因為在校方正式的招待會上，趙先生特別推讓默存先生以英文致答辭，好像這本來應該是趙先生的任務。

我和傅漢思先生等人當然到火車站去迎接代表團。其中我唯一認識的只有默存先生。我正要向他行握手禮時，他忽然很熱情地和我行「熊抱」禮。這大概是當時大陸行之已久的官式禮數。我一時不免有點張皇失措，答禮一定不合標準。不過我的直覺告訴我，默存先生確是很誠摯的，這次用不著「敘舊」，我們真像是「舊交」了。

當天晚上，我和陳淑平同受校方的委託招待代表團全體在家中晚餐。連客人帶本校的教授和研究生等大概不下七、八十人。這個自助餐是陳淑平費了三天功夫準備出來的。我們平時極少應酬，這樣的熱鬧在我們真是空前絕後的一次。現在試說有關默存先生的事。

默存先生是坐我開的車回家的，所以一路上我們有機會聊天。僅僅隔了四、五個月，我覺得已能無所拘束，即興而談。大陸上學術界的冰層似乎已開始融化。外面流傳了很久的一個說法是他擔任了毛澤東的英文秘書。我為此向他求證。他告訴我這完全是誤會。大陸曾有一個英譯毛選集的編委會，他是顧問之一，其實是掛名的，難得偶爾提供一點意見，如此而已。我也問他《宋詩選讀》為什麼也會受到批判，其中不是引了《延安文藝座談會上的講話》嗎？他沒有直接回答我的問題，大概因為時間不夠，但主要恐怕是他不屑於提到當時的批判者。他僅僅說了兩點：第一、他引《講話》中的一段其實只是常識；第二、其中關於各家的小傳和介紹，他是很用心寫出來的。我告訴他胡適生前也說他的小傳和註釋寫得很精采。

我當時隱約地意識到他關於引用《講話》的解釋也許是向我暗示他的人生態度。一九五七是「反右」的一年，他不能不引幾句「語錄」作擋箭牌。而他徵引的方式也實在輕描淡寫到了最大限度。他是一個純淨的讀書人，不但半點也沒有在政治上「向上爬」的雅興，而且避之唯恐不及。這一層是我在二十年前便已看準了的，現在談到他一九五五年〈重九日雨〉第二首的最後兩句，我更深信不疑了。這兩句詩是：

筋力新來樓懶上，漫言高處不勝寒。

這是他的「詠懷詩」。

那天晚上吃自助餐，因為人多，分成了好幾處，我們這一桌上有默存先生和費孝通先生幾位，大陸來的貴賓們談興很濃，但大家都特別愛聽默存先生的「重咳落九天，隨風生珠玉」。就我記憶所及，客人們的話題很自然地集中在他們幾十年來親身經歷的滄桑，特別是知識分子之間彼此怎樣「無情、無義、無恥的傾軋和陷害」。（見《林紓的翻譯》）默存先生也說了不少動人的故事，而且都是名聞海內外的頭面人物。給我印象最深的是關於吳晗的事。大概是我問起歷史學家吳晗一家的悲慘遭遇。有人說了一些前因後果，但默存先生忽然看著費孝通先生說，「你記得嗎？吳晗在五七年『反右』時期整起別人來不也一樣地無情得很嗎？」（大意如此）回話的神情和口氣明明表示出費先生正是當年受害者之一。費先生則以一絲苦笑默認了他的話。剎那間，大家都不開口了，沒有人願意再繼續追問下去。

在這次聚會中，我發現了默存先生嫉惡如仇、激昂慷慨的另一面。像陶淵明一樣，他在寫〈歸園田居〉、〈飲酒〉之外，也寫〈詠荊軻〉、〈讀山海經〉一類的詩。試讀他一九八九年的〈閱世〉：

> 閱世遷流兩鬢摧、塊然孤喟發群寰。
> 星星未熄焚餘火，寸寸難燃溺後灰。
> 對症亦知須藥換，出新何術得陳推。
> 不圖牘長支離叟，留命桑田又一回。

我不敢箋釋他的詩，以免「矜詡創獲，鑿空索隱」（《槐聚詩存．序》）之譏。讀者可自得之。

一九七九年別後，我便沒有再見過他了。不過還有一點餘波，前後延續了一年多的光景。默存先生仍依嚴守著前一時代中國詩禮傳家的風範，十分講究禮數。他回北京不久便用他那一手遒美的行書寫來一封客氣的謝函。我雖經年難得一親筆硯，也只好勉強追隨。這樣一來一往，大約不下七、八次。他的墨蹟我都保存著，但因遷居之故，一時索檢不得。但最使我感動的是在《管錐編》第一、二冊出版後，他以航郵寄賜，扉頁上還有親筆題識。不久我又收到他的《舊文四篇》和季康夫人所題贈的《春泥集》。受寵若驚之餘，我恭恭敬敬地寫了一首謝詩如下：

藝苑詞林第一緣，春泥長護管錐編。
淵通世競尊嘉定，慧解人爭說照圓。
冷眼不饒名下士，深心曾託枕中天。
輶軒過後經秋雨，悵望齊州九點煙。

詩固不足道，但語語出自肺腑，決非世俗酬應之作。《管錐編》第三、第四冊面世，他又以同樣辦法寄贈，以成完璧。我復報之以〈讀《管錐編》〉三首：

臥隱林巖夢久寒，麻姑橋下水湍湍。

如今況是煙波盡，不許人間弄釣竿。（《全漢文》卷二十）

「避席畏聞文字獄」，龔生此語古今哀。

如何光武誇柔道，也為言辭滅族來。（《全後漢文》卷十四）

桀紂王何一例看，誤將禍亂罪儒冠。

從來緣飾因多欲，巫蠱冤平國已殘。（《全晉文》卷三七）

默存先生冷眼熱腸，生前所儲何止湯卿謀三副痛淚。《管錐編》雖若出言玄遠，但感慨世變之語，觸目皆是。以上三節不過示例而已。先生寄贈《管錐編》四巨冊，都經親筆校正，尤足珍貴。寒齋插架雖遍，但善本唯此一套。噩耗傳來，重摩茲編，人琴之感，寧有極耶！

默存先生已優入立言不朽之城域，像我這樣的文學門外漢，是不配說任何讚美的話的，所以我只好默而存之。我讀先生的書，從歷史和文化的角度說，自然感受很深。我希望以後有機會再補寫。

最後，我要鄭重指出，默存先生是中國古典文化在二十世紀最高的結晶之一。他的逝世象徵了中國古典文化和二十世紀同時終結。但是歷史是沒有止境的。祇要下一代學人肯像默存先生那樣不斷地勤苦努力，二十一世紀也許可以看到中國古典文化的再生和新生。

（原載《中國時報》，一九九八年十二月二十四日）

追記與唐長孺先生的一次會談

一九七八年十一月十五日下午，我在北京故宮博物院拜會了唐長孺先生，談話一共進行了一小時左右。我得以面承先生之教，這是生平唯一的一次，至今仍記憶猶新。

讓我先交代一下這次見面的背景：一九七八年十月，美國國家科學院組織了一個「漢代研究代表團」訪問中國大陸，十月十六日到達北京，十一月十七日再從北京飛回美國，一共在中國訪問了三十三天。在洛陽、西安、長沙、敦煌等處訪問之後，代表團是十一月十日回到北京的，由於偶然的機緣，我聽說唐先生也在北京，因此我提出了會面的要求。通過中國社會科學院的安排，我在離去的前兩天終於得到了拜訪他的機會。當時我擔任了代表團團長的職務，比較忙碌，很少個人單獨活動的時間。我在北京期間僅僅主動提出想見見三位學者，唐先生即其中之一（另兩位是俞平伯先生和錢鍾書先生）。

我的第一個深刻印象是唐先生的高度近視，但當時還不知道他的右眼已失明。其次，唐先生一望即是一位飽學之士，很合乎中國傳統中所謂「老師宿儒」的典型。但談話開始後，我很快便警覺到他是一位異常謹慎的人。他只答覆我提出的問題，而且必三思而後言，但從頭到尾沒有主動地問過我任何問題。也許是我過度敏感，我總覺得他多少有些顧忌，唯恐在我這個不速之客的面前失言。因此我說話時也不得不加倍小心，以免為他添上困擾。不過我求見的本意，除了一瞻風采之外，是向他請教純學術的問題，這一點點拘謹絲毫未影響到談話的內涵。

事隔二十六年，當時談論的細節早已忘記了。現在只記得兩個綱要：第一，我想知道他對於門閥制度的下限的看法；第二，我想試探他肯不肯與西方學者合作，參加《劍橋中國史》（Cambridge History of China）魏晉南北朝卷的寫作，即由他擇題用中文撰寫一章，再譯成英文。關於第一個問題，我大致是以他的一篇論文——〈門閥的形成及其衰落〉（《武漢大學人文科學學報》，一九五九年第八期，頁一—二四）——為根據而展開討論的。我又曾在一九六二年《歷史研究》（第六期）上讀過一篇〈唐長孺對門閥制度的新看法〉的簡略報道。所以我很想知道他的見解在二十年後有沒有什麼改變。我的整體印象是他在門閥問題上今昔的變化不十分顯著。也許一九六四年以後，由於他的工作重點轉移到二十四史的標點和吐魯番文書的整理，他已暫時離開了兩部魏晉南北朝史《論叢》的研究主題。關於第二個問題，我向他解釋：日本學者如仁井田陞、池田溫的研究成果往往通過西方史學家的譯介（如 Denis C. Twitchett）而傳播到國際漢學界。因此我也希望他那些豐富而又具原創性的業績可以跨出國界，變成世界史學界的一個組成部分，並進一步發揮更廣大的影響。他對於我的提議雖沒有直接應諾，卻很誠懇地表示願意考慮。但我的問題本屬假設性質，當然也只能談到這裏為止。從這一討論中，我得到一個清晰的印象：他完全承認學術研究的全球性。所以在學術思想的空氣開放以後，他晚年特別注意「近代中外學人有關論著」（見唐長孺《魏晉南北朝隋唐史三論．後記》，武漢大學出版社，一九九三年）。

在未見唐先生之前，我本來想在個人學術淵源的層次上，和他談一樁有趣的故事。但最後考慮到也許會使他為難，我終於壓住了自己的情感，把話吞下去了。

大概是一九五九年左右，我第一次讀到他的《西晉田制試釋》（收在《魏晉南北朝史論叢》，北京三聯書店，一九五九年），《晉書，食貨志》有下面一句話：

男子一人佔田七十畝，女子三十畝。其外，丁男課田五十畝，丁女二十畝。次丁男半之，女則不課。

唐先生在解釋這一段文字時，提到兩種意見：一是「傳統的」，大致以馬端臨為主；一是「比較新的」，即以「課田是一種徭役地租」。但在「徭役地租」的大原則下，又出現兩種不同看法。現在我只引他關於第一種看法的概述：

一、認為佔田即授田，課田即包括在佔田數內。在服役年齡時男子受田七十畝，其五十畝的收穫物為政府所有；女子受田三十畝，二十畝的收穫物為政府所有。這樣算來一夫佔田七十畝，一婦佔田三十畝，合計百畝，而其中七十畝為徭役地租，等於一夫一婦授田百畝，與政府三七分租。這種解釋的證據是：

（一）稅率與曹魏屯田制度中對分或四六分之制相近；（二）西晉時傅玄曾經反對佃兵持官牛者官得八分，士得二分，持私牛者及無牛者官得七分，士得三分的辦法；（三）前燕慕容皝曾以牧牛借給貧民在苑囿中耕種，規定「公收其八，二分入私」，有牛而無地者「公收其七，三分入私」，他的記室參軍封裕認為「魏晉道消之世，猶削百姓不至於七八」，應該像魏晉一樣「持官牛田者官得六分，百姓得四分，私牛而官田者與官中分」。以上三個例證都證明魏晉時期三七分租是極普通的稅率，最高可以達到二八，所以百畝之田以七十畝的收穫當租在那時候是不足為奇的。（頁四七—四八）

我當時讀了這一段概括，立即看出：他所謂「比較新的」意見，即以「課田是一種徭役地租」，其實便是我已故業師錢賓四（穆）先生最早在《國史大綱》中提出的（見第十九章第三節「西晉之戶調制與官品佔田制」）。呂思勉先生對錢先生新說極為稱賞，並推許《國史大綱》中論魏晉至隋唐的田制與稅制為「千載隻眼」（見錢穆《八十憶雙親師友雜憶合刊》，台北聯經《錢賓四先生全集》本，頁五三）。所以後來呂先生寫《兩晉南北朝史》第十九章第三節（「地產不均情形」）

即全本《國史大綱》立論，並提出其他證據印證錢先生關於西晉「佔田」、「課田」的新說。唐長孺先生所概括的「徭役地租」論便是從錢、呂兩書中鉤玄提要而成。但由於「錢穆」兩個字在當時是不許露面的，因此他也不得不把呂思勉先生的著作一併隱沒了。

錢先生早年在常州中學堂曾上過呂誠之先生的課，並且終身以師禮尊之；而唐先生則是誠之先生後期的及門高弟。因此唐先生最初也接受了錢說，後來才改變了看法。他最後對於「佔田」與「課田」的理解大致於下：

> 我以為佔田只是空洞的准許人民有權佔有法令上所規定的田畝；法令上已經規定貴族、官僚的佔田數字，那麼也得規定一下平民的佔田數字。至於佔得到佔不到，那是另外一個問題。……課田是督課耕田之意，一般人民自十六歲至六十歲不論你是否自己有田，政府一定要你耕種五十畝（丁女則二十畝），這是所謂「驅民歸農」的意思。佔田規定七十畝，政府並不要求你全部耕種，但至少要有五十畝不被荒廢。（同上頁四九—五〇）

事之難能而巧合也在這裏。唐先生的新結論竟又和我的另一位先師完全一致。一九四六年楊聯陞先生在《晉書食貨志譯注》的導論中也有專節分別討論晉代的田制和稅制（見 Lien-sheng Yang "Notes on the Economic History of the Chin Dynasty", *Harvard Journal of Asiatic Studies*, Vol. 9, 1946。此文已收入他的 *Studies in Chinese Institutional History*, Harvard University Press, 1961, pp.119-197）。關於「佔田」、「課田」的問題，楊先生一方面指出日本學者的解釋過於狹隘，另一方面則明引錢先生《國史大綱》的新說，而保留了不同的意見。他也將「佔田」與「課田」分為兩件不同的事：前者指法令允許每一丁男、丁女佔有田畝的極限，而不是政府授田的畝數。「課田」則是政府指定丁男、丁女、次丁男必須耕種一定畝數的田，包括公田和私佔的田在內。他又引《晉書》卷四七傅玄疏中另一段話來澄清「課田」的確切涵義：

> 近魏初課田，不務多其頃畝，但務修其功力，故白田收至十餘斛，水田收數十斛。自頃以來，日增田頃畝之課，而田兵益甚，功不能修理，至畝數斛以還，或不足以償種。

此段「課田」明指政府指定「兵」（屯田）和民耕種的田畝，也就是唐先生所謂「督課耕田之意」。兼以楊先生將原文譯成英文，其涵義更無所遁形。當時唐先生不可能見到西方漢學界的英文論著，所以他們兩位在這個問題上確是不謀而合（見 Yang, *Studies*, pp.135-138）。不但如此，唐先生論「戶調」與戶貲的關係（見《魏晉戶調制度及其演變》第二節，《論叢》，第六五—七三頁）和楊先生論晉代賦稅制一節也基本一致（見 *Studies*, pp.140-148）。兩人同以《初學記》所引《晉故事》的「九品相通」與《魏書．世祖紀上》的「九品混通」互證，企圖解決同樣的問題，更是巧合到了令人瞠目結舌的地步。當然，這種巧合並不偶然，更不是不可思議。唐、楊兩位傑出的史學家屬於同一年齡層，也足在同一學術氛圍中成長起來的；更重要的，他們研究魏晉南北朝隋唐史都同在陳寅恪先生所開創的「典範」（"paradigm"）之下開始的。關於這一點，此處不能深談，姑止於此。

總之，對我而言，唐先生在上述具體的史學問題上，與我的兩位先師之間的先後異同，確實構成了現代中國學術史上一段最動人的佳話。一九七八年我和唐先生會面時，錢、楊兩先生仍然健在，如果我能暢所欲言，將這個故事原原本本地告訴他，我相信一定可以博得他的一笑。但是當時我惟恐提及錢先生會使他受窘，所以在我們交談的過程中，這個故事雖然自始至終都在我的胸間盤旋著，我卻終於沒有透露一個字。現在我特別把它寫了下來，作為紀念他逝世十週年的獻詞。

二〇〇四年九月八日於美國普林斯頓

（原載《情懷中國：余英時自選集》，天地圖書，二〇一〇）

中國史學界的樸實楷模

——敬悼嚴耕望學長

驚聞老友嚴耕望先生於十月九日辭世，悲從中來，不可斷絕，草此短篇，以當奠祭。初見耕望在一九五七的秋季，距今已三十九年。當時情景猶歷歷在目。那時我正在哈佛大學作研究生。有一天回家，我的父親陪著兩位客人在談話，一位是兩年前逝世的周法高先生，另一位不相識，但說一口道地的桐城話。我進客廳的時候，父親也沒有為我介紹這位同鄉，而我則認定他是來探望父親的。不過我有點奇怪，為什麼周法高先生會在座呢？因為我雖已和周先生很熟，但我知道周先生和父親並不曾見過面。這位生客並不擅言辭，在最初十幾分鐘之內，也一直沒有說清楚他的來意。我祇好坐在一旁納悶。再聽下去，我忽然大悟了。我情不自禁地向這位生客大叫一聲：「你是嚴耕望！」他笑了，我們也都跟著大笑起來。這是相當戲劇性的一幕，我生平再也沒有過第二次這樣的經驗。但這次初晤也十足地顯露出耕望的性格：他質樸無華，根本不知道怎樣表達自己的意思。其實他是來找我的，因為他從賓四師處知道有我這個師弟在康橋。我現在記述這一段往事，心中有說不出的悽愴，因為當時主客四人，今天祇剩下我一個人了。

我們初見雖在一九五七年，但我知道耕望其人其學則早在五、六年前。我在新亞讀書的時代，常有機會在課外聽賓四師暢談當代學術界的人物和軼事。有一次我問他，在他過去教過的許多學生之中，究竟誰是他最欣賞的。賓四師毫不遲疑地說，他最看重的是中央研究院史語所的嚴耕望，現已卓然有成。賓四師還補充一句，說：他是你的同鄉，安徽桐城人。從此我便留心，想讀他的論著。但耕望不寫通論性的文字，我最早讀到的是〈唐人讀書山林寺院之風尚〉一文，刊於一九五四年香港《民主評論》為賓四師六十歲祝壽的專號上，深賞其運用史料之廣博與生動。後來又在史語所《集刊》上讀到關於唐代尚書省演變和漢代地方行政制度的長文，更佩服他的功力深細而又能見其大。在我們相見之前，我對他的認識僅此而已。但我已完全信服了賓四師鑒賞的準確。

在這篇簡短的悼文中，我祇想以最概括的方式談兩個方面：他的治學精神和他的史學取向。和耕望相識以後，給我印象最深的是他對於學術的全心奉獻。我們平時也常說「為學問而學問」、「獻身學術」之類的話，但是我在耕望的身上才真正發現了一個最感人的活的範例。一九五七——五九兩年，他是哈佛燕京社的訪問學人。那時他不但在中古政治制度史的領域內已卓然成家，而且足以傳世的《唐僕尚丞郎表》四鉅冊也出版了。但是這兩年中，他仍然孜孜不倦地苦讀，比我們作研究生的人還要勤奮。每天早晨九點鐘不到，他已在哈佛燕京圖書館前面等著開門，下午五點鐘圖書館關門，他才離開。原來他正在為他的下一個巨大的研究計畫作準備，遍讀有關唐代歷史地理的中日文書籍，並作詳細的筆記。不但如此，為了要通解日文，他還和我們研究生一同上了整整一學年的初級日文，每天一小時。當時教我們日文的是哈佛燕京社社長賴世和教授，後來曾出任美國駐日大使。由於講授是用英語，他有時不甚明白，便找我一起討論。他那種認真不苟的神情，我到今天還記得清清楚楚。

一九七九年春季他應聘到耶魯大學歷史系擔任了一學期的訪問教授。因為歷史系沒有空餘的房間，我請校方在我的辦公室中為他安置了一張大書桌，使他可以工作並接見研究生。研究生中真能有資格向他問學的人自然不多，因此絕大部分的時間他都在進行自己的研究。也和哈佛時代一樣，他天天早到晚退，伏案用功。由於有這幾個月的同室之雅，我對於他的治學精神才獲得更深一層的親切認識。遭時他正在撰寫《唐代交通圖考》這部傳之久遠的大著作，因此從香港攜來了無數筆記卡片。這些筆記卡片凝聚了他三、四十年的讀書功力，有些是寫在抗戰時期的粗糙紙張上。他告訴我，他有系統地摘錄資料，自大學時代便已開始，從來沒有中斷，所積資料已不下二十萬件。以唐代而言，兩唐書之外，一千卷的《全唐文》他都有分類卡片。這種日積月累的功夫最能顯出他的「恆德」，這是從清代樸學傳統中發展出來的，如陳澧撰《東塾讀書記》、孫詒讓撰《周禮正義》都在事前有長時期的札記工夫。哈佛和耶魯兩度共學，我親切地體認到耕望是將全副生命獻給學問的人，真正達到了造次必於是，顛沛必於是的境界。這是一種宗教性的奉獻，即以學問的追求為人生的最後目的，而不是實現其他目標的手段。賓四師對他知之最深，一九七三年六月給他的一封信上說：

大陸流亡海外學術界，二十餘年來，真能潛心學術，有著作問世者，幾乎無從屈指；唯老弟能澹泊自甘，寂寞自守，庶不使人有秦無人之嘆！

我認為這是對他的學術人格的最真切的寫照。他自己曾明白說過，他一生從不求多賺一分錢，也不想增加一分知名度，因此避開任何不必要的活動，以免浪費寶貴的光陰。這句話我也完全有資格作見證。上引賓四師的話是因為他堅決不肯應徵香港中文大學講座教授的職位而引出來的。香港的大學採用英國制度，每一系祇有一位「講座教授」，其主要職務是處理系的行政。即使行政可由他人代理，這個名位也必然帶來許多學術以外的活動。同年七月我回到新亞工作，也曾一再請他考慮，他絲毫不為所動。一九七九年他在耶魯的期間，正值大陸社會科學院代表團前來訪問，團員中包括錢鍾書、費孝通等人，是當時一大盛會。我受學校的委託，在家中接待代表團。無論在公在私，我都必須邀請耕望與會，但他也婉辭了，因為他堅守其「避開任何不必要的活動」的原則。這種「澹泊自甘、寂寞自守」的性格和他治學的勇猛精進、鋼而不捨，恰好互為表裏、剛柔相濟。耕望的生命雖然徹底地與學問合一，但他既不是不曉事的書呆子，更無世人想像中那種專家學者的傲僻。相反的，在日常生活中，他是一個最通情達理並且隨時隨地為別人著想的人。無論是對他的家人、師友、學生或同事，他都抱著一份誠摯的情意：任何人曾對他有過一點幫助，他都永誌不忘。關於這一點，我們只要讀他那些大著作的序跋，特別是《治史經驗談》、《治史答問》、和《錢穆賓四先生與我》三部為後學現身說法的小書，便可以獲得生動的印證。他的忠厚存心尤為少見。在學問方面，他一向持嚴格的標準，決不稍有假借。然而他在摘發別人的失誤時卻從無例外地隱去失誤者的名字。他曾說，他一向以道家自處而以儒家待人。這是恰如其分的自我解剖。所謂「以儒家待人」是指他珍惜人情的一種忠恕心理；所謂「以道家自處」則是指他的「不爭」、「寡欲」的生活態度。他從不爭浮名和權位，對於物質生活的要求也低到無可再低，這確可以說是近於道家的人生觀，然而也未嘗不與儒家相合。賓四師有一次在給他的信上說他的性格「似為柔退」，這也是說他近於道家。以我個人的認識而言，他毋寧是外柔內剛的一型。他平常表現在外的是「柔遜」，但在大原則上卻持之甚堅，內心自有不可踰越的尺度。至於在治學方面，他不但不是「柔遜」，而且恰恰相反，是充分體現了「剛毅進取」的精神。正因得力於此，他才能在史學上取得了驚人的成就。耕望的研究領域是制度史和歷史地理。他在五十歲以前的著作如《中國地方行政制度史》（四大冊）和《唐僕尚丞郎表》都在制度史方面；最後三四十年他的研究和撰述則集中在唐代交通路線，其成果即仍在續刊中的《唐代交通圖考》（已出五大冊）。他的著作無一不由規模浩大、籠罩全面的研究中產生。這是他的史學取向的一個最顯著的特徵。以《中國地方行政制度史》而言，前兩冊寫秦漢，後兩冊寫魏晉南北朝，表面上看來似為一種概括式的專史。但認真的讀者一定會發現，書中每一章每一節都有精密考證的創獲。不過他所做的是地毯式的全面考證，而不像多數考證那樣，祇是蜻蜓點水式的。全面考證必須建立在兩個先決條件之上：第一、事前有周密的通盤計畫；第二、從計畫到執行需要長時期的持續努力。據我的大略估計，地方行政制度史的完成先後越二十年；《唐僕尚丞郎表》從收集資料到出版共費去九年；《唐代交通圖考》更是驚人，他在一九八四年寫序言時已說「付出三十七年之歲月」，現在又要加上十一、二年，則幾乎是半個世紀了。這三大計畫的進行在時間上自然有重疊的部分，但無論如何，這樣大規模的研究出現在戰亂頻仍的二十世紀中國，實在不能不說是一個難以想像的奇蹟。像《唐代交通圖考》這樣的大計畫，在西方或日本都衹能出之於集體實踐之一途，即由計畫的主要執行人指導一、二十個助手分頭進行。現在耕望則以一手之力完成之，他的恆心和毅力真足以驚天地而動鬼神了。耕望對制度史和歷史地理發生興趣遠起於中學時代，但一九四一年三月二十三日他聽賓四師在武漢大學講「中國政治制度史導論」的開場白卻對他發生了定向的作用。據他回憶，賓四師說：「歷史學有兩隻腳，一隻腳是歷史地理，一隻腳就是制度。中國歷史內容豐富，講的人常可各憑才智，自由發揮；只有制度與地理兩門學問都很專門，而且具體，不能隨便講。但這兩門學問卻是歷史學的骨幹，要通史學，首先要懂這兩門學問，然後自己的史學才有鞏固的基礎。」這一番話便決定了他此後五十五年的研究取向。他自審一己的才性近於追求確實而穩定的歷史知識，對於不易把捉的抽象問題則不願涉足。因此他曾明白表示對於研究具體問題的偏好。這又是他的史學取向的另一顯著的特徵。政治制度史和歷史人文地理則恰好是最具體的研究對象。具體才容易客觀，抽象則難免主觀。他希望辛勤取得的研究成果可以成為不易推翻的定論，因此不肯投身於過分依賴主觀判斷的抽象領域。從這一點說，他的取向很接近實驗的科學家。這也許和他早年偏好數理的背景有關。換句話說，他追求的是實證的歷史知識。然而他又絕對不是褊狹的實證主義者，否定抽象領域的重要性。不過他為中人以下說法，並針對著近來中國史學界的一種華而不實的風尚，提出及時的警告而已。

他所取得的巨大成就則充分證明了他在史學研究上的抉擇是完全正確的。他的一切著作不但都包含著大量的新發現，為中國中古史建立了最堅實的基礎，而且由於規模廣闊，更能為後來的研究者提供無限的用途。以我個人的切身體驗而言，我過去研究漢代貿易與擴張和循吏的文化功能都曾得力於《中國地方行政制度史》所提供的基本架構。此外就我所知，胡適之先生因研究神會而深賞《唐僕尚丞郎表》，最近荷蘭的中國佛教史大家（Erik Zurcher）研究唐代佛教與教育也對〈唐人讀書山林寺院之風尚〉一文推崇備至。至於《唐代交通圖考》，其價值更是難以估計，正如他自己預料的，將來無論是治政治史、軍事史、民族史、經濟史、宗教史、或疆域史的專家都不能不「取證斯編」。

耕望的著作初看好像祇是中國傳統考證史學的延續。其實由於他一直注意現代社會科學的新觀點，他的論斷已不是傳統史學所能範圍。他的地方行政制度史秦漢卷便已參考了一部《各國地方政府》的中譯本。《唐僕尚丞郎表》從傳統一方面看固可說與清代徐松《登科記考》同屬一類而精密過之，但是他論尚書六部與九寺諸監的關係則參考了現代行政學上關於行政官與事務官的分別，使兩者的職權性質頓然得到清楚的說明。他的歷史宏觀竟與法國年鑑派大師（Fernand Braudel）頗多暗合。例如他治唐代人文地理取「全史」的觀點，即後者研究十六世紀地中海世界的路向；他治制度史，重點也在長期性的結構，而不在變幻的人事。這自然是受到社會科學的暗示而然，不過未加理論化而已。誠然，他所運用的社會科學甚為有限，僅在大關鍵處偶一著墨。但這恰好是他的長處而不是短處，因為他的研究主體畢竟是中國史學而不是社會科學。若在社會科學上求之過深過細，則不僅本末倒置，而且也必然流入牽強附會。所以我認為他的著作最能體現中國傳統史學向現代的轉化。陳寅恪先生撰《隋唐制度淵源略論稿》，一依傳統史學的體裁，其用意也在於此。所以他特別指出：「故分別事類，序次先後，約略參酌隋唐史志及《通典》、《唐會要》諸書，而稍微增省分合，庶幾不致盡易舊籍之規模，亦可表見新知之創獲。」在這種地方我們才可以看出一個史學家在思想上是不是真正成熟了。

　　耕望論現代中國史學家，特別推崇陳垣、陳寅恪、呂思勉和賓四師為「四大家」。以治學途轍言，他較近於陳垣與呂思勉，而稍遠於陳寅恪與賓四師。這是毫無可疑的。然而他於四大家的優點則能兼收並攬。他的規模弘大承自賓四師，辨析入微取諸陳寅恪，平實穩健尤似陳垣，有計畫而持之以恆則接武呂思勉。他在史學上終能達到通博與專精相反相成的境界決不是倖致的。

蘇東坡說：「非才之難，所以自用者實難！」現代中國史學界沒有人比耕望更能自用其才的了。陸象山說：「今天下學者，惟有兩途：一途樸實，一途議論。」耕望木訥寡言，終其身與「議論」無緣，他走的是徹頭徹尾的「樸實」的道路。但今天中國的史學界瀰漫著「議論」，而「樸實」一途則空前的寂寞。耕望是史學界的「樸實楷模」，現在他走了，這條路更空寂了。世有聞耕望之風而起者，予日日引領而望之！

（原載《聯合報》，一九九六年十月二十二、二十三日）

悼念邢慕寰教授

乍聞老友邢慕寰仙遊的消息，深感悲痛不能自己。近數十年來，我所交之友以狷介高潔，如孤雲野鶴，而同時又熱心人世求有所貢獻者，唯此一人。他真作到了「為而不恃，功成而不居」的境界。生前遠離權力名位，死後亦不願有追悼會之類，故囑家人勿發訃文。台灣經濟之有今日，當時（二十年前）都說「六院士」，即劉大中、蔣碩傑、邢慕寰、鄒至莊、顧應昌、費景漢等六人建言有功。其實他坐守台灣，創辦中研院經濟研究所，培育數代人才，我則深知其實質貢獻最大也。最後我必須再說一件事。慕寰在經濟理論方面有極精深的造詣，晚年曾花了很長時間，撰寫了三篇純理論性的專文（英文），向現在流行的經濟學基本預設挑戰。這三篇文字都已送到英美第一流經濟學刊物審閱。但他既逝世，恐怕便很難刊出了。因為編者照例要與作者反覆討論修訂才能定稿。所以我極盼他的友生能珍視這三篇文字，將來在台北或香港輯成專論，單獨刊行，使他晚年的心血不致虛擲耳。

（原載《二十一世紀》第五十六期，一九九九年十二月）

一座沒有爆發的火山
——悼亡友張光直

歲暮懷亡友是情感上最承受不起的負擔，現在寫這篇紀念光直的短文，不禁觸緒萬端，不知從何說起。今年春間，哈佛大學正式舉行了一次規格很高的追悼會，我和許倬雲兄都曾應邀在會上發言，倬雲回憶光直的大學時代，我則追想和他同在哈佛讀研究院時期的一些往事。

光直和我同在一九五五年秋天到哈佛大學，他是人類學系的研究生，我則是哈佛燕京學社的訪問學人。這一年，我們的寓所相隔很近，在同一條街（Shepard Street）的斜對面。當時他和台灣大學的董同龢先生、高友工兄同住一所公寓。光直也修過董先生中國語言學的課，所以他們是一師二徒的組合，相處極為融洽。光直不但聰慧過人，而且用功的程度更不是常人所能想像。因此我雖偶然在晚間到他們的住處相訪，但絕大部分時間都在董先生的房裏談話，不敢多打擾他。他也有時走過來湊湊熱鬧，但不到十分鐘便回房用功去了。他自律之嚴，即此可見。第一學期讀下來，聽說他的各門成績都是最優等。他在學術上必有輝煌的成就，我們從那時起便已沒有一絲一毫的懷疑了。

一九五六年秋季我也從訪問的身分轉變為研究生，這才和光直在哈佛有先後六年（一九五五—一九六一）的交往。我和他從相識到相知大概經過了兩三年的時間。一九五八年以後他修完了博士課程，進入寫論文的階段，有了較多的自由支配的時間，他便不再像第一學年那樣緊張得使人透不過氣來。他和李卉結婚後，有一年（大概是一九五八—一九五九年）住在研究生宿舍裏。他們兩人都熱情好客，常常在週末招待一些單身同學。他頗有烹飪功夫，所以偶然也下廚一顯身手。這一類的聚會主要是為了舒解學業的壓力和排遣旅居的愁悶，所以大家都儘量輕鬆，打麻將和談武俠小說是我們的基本消遣。這一年嚴耕望先生恰好在哈佛訪問，也偶然參加我們的聚會。嚴先生是一位最嚴肅的學者，從來不看閑書。但在我們的感染之下，竟然也對武俠小說發生了好奇心。臨行時，他特別向我借了一部武俠小說為途中的讀物。這件事十足反映出我們當時「少年狂」的情況。說起打麻將，也有一件趣聞。一九五九－一九六〇年李濟之先生來哈佛講學，光直自然要好好招待業師一番。李先生夫婦也好玩牌，飯後我和光直陪他們打了幾圈。我們打牌從不賭錢，輸贏只計籌碼的多少。這一天光直大敗，散局時當然照例一走了之。幾天之後，我又碰見了李師母，閑談中提到了那次搓麻將的事。她老人家說，那天她是大贏家，但光直是窮學生，因此沒有算帳。我只好對她說明原委，她老人家也不禁為之失笑。我記這些故事是為了透出光直為人的另一面。他的事業心已強到無可再強，但他通情達理，而且富於幽默感。我們相處幾十年，見面或通電話時，開場白照例是一些謔而不虐的戲語。所以他有一次說：我們是「開玩笑的關係」（他說的是英文「joking relationship」）。

「開玩笑的關係」這句話本身也是開玩笑，我們之間說正經話的時候當然比開玩笑多得多。所以下面我想談談他的治學精神。我們不同行，我沒有資格對他的學術成就做任何評論。我從他那裏撿到了不少關於考古學和人類學的知識。雖然大部分是耳食之學，但究竟有轉益多師的收穫。他的治學規模很大，對中國文明的起源與特徵（特別是與西方文明相對照）要求做整體的掌握，這可以說是他畢生追求的目標。這個目標大概他在台灣大學時期便已堅定地建立了起來，到美國之後他便朝著這個方向努力。恰好五〇年代美國考古學翻開了新的一頁，當時稱之為「新考古學」。其中最有影響的一支是聚落考古學（settlement archaeology）。經過韋利（Gordon Willey）擴大研究之後，「聚落形態」（settlement-pattern）成為考古學家注意的焦點。從聚落形態出發，考古學家可以系統地研究古代社會的經濟、政治及社會組織，並對考古學上的所謂「文化」提出功能性的解釋。更重要的，考古資料中所顯現的變遷，聚落形態的研究也可以找出長期內在轉化的原因，而不必一定訴諸以前流行的播散或移植的觀念。總之，聚落形態強調了文化的整體性和延續性，這正適合光直當年的需要。我記得他在研究生時期便已在美國人類學學報上發表了一篇關於美洲聚落考古學的論文。這是他為了熟悉方法和技術的一種準備工作，後來他寫《古代中國考古學》便運用自如了。

正因為他想根據不斷出土的中國考古新資料，重新建構中國文明的起源與變遷，他平時和我討論的也都是關於掌握古史整體的大問題。在我的記憶中，王國維的《殷周制度論》、傅斯年的《夷夏東西說》、徐旭生的《中國古史的傳說時代》，以及亞細亞生產方式，是他當年最愛談的幾個題目。由於他重視中國古代文明的延續性，夏、商、周三代的因革損益也是最吸引他的問題。他非常希望考古發掘可以證實夏代的歷史性，晚年扶病從事早商的發掘工作也是為了要把三代的歷史從考古方面推得更早。他雖然有許多持久不變的大見解，但卻沒有讓這些見解變成阻礙知識進步的偏見。他真正做到了「實事求是」四個字。《古代中國考古學》一書隨著考古發掘的進展，先後修訂了三次，最後第四版是一九八六年刊布的。每一版幾乎都是重新撰寫的，他絕不讓抽象理論抹殺具體事實。

光直還有組織與辦事的才能，無論在什麼地方，他都是一股動力，早年在哈佛時期已見端倪。一九六〇—一九六一年他畢業後，在哈佛人類學系開始教書。像第一年一樣，我們又同寓距校園不遠的哈佛街，這次則「對門居」，過街便可相訪，過從自然很密。我的寓所有一間較大的客廳，周末晚間常常是學文史的中國同學聚談之地，光直有空也來參加。五〇年代中期我們初到哈佛時，學文史方面的中國學生很少，但經過了四五年，從台灣和香港來的人逐漸增加，這時已有十餘人之多。

光直覺得我們與其漫無界限的閑談，不如索性組織一下，變成一個定期討論會。每次輪流由一個人做專題報告，其餘的人聽後進行問難和討論。這個非正式的討論會先後舉行了一二十次，有時大家爭辯得面紅耳赤，但一點也沒有傷和氣。二十世紀五〇年代的美國社會是十分平靜的，大學校園更是名副其實的「象牙塔」。我們這一群中國學生當時既沒有意識形態的衝突，也沒有政治觀點的分歧。我們真的相信「象牙塔」裏藏著無限的智慧，正等著我們去發掘、吸收和消化。通過討論會，我們各自把學、思所得具體地呈現出來，確令人胸懷為之一暢。很多年後，我讀了英國思想史家伯林（I. Berlin）的感舊錄，其中有一篇描寫三〇年代牛津大學一群青年哲學家定期討論會的情況。伯林說，他們那時少年氣盛，目無餘子，以為這幾個人便是哲學世界的中心。接著他又說，現在回想起來，雖深感不免過於輕狂，但年輕時期如果不經歷這一集體發狂的階段，將永遠嚐不到智性的樂趣。我們這一群受中國文化熏陶的青年人，直接間接，都知道莊子「河伯欣然自喜，以天下之美為盡在己」的寓言，絕不敢像伯林和他的朋友們那樣「狂」。然而我們曾在忘情的爭論中嚐到過智性的樂趣，則並無二致。當時的講題多已不能復憶，只記得光直講的是從考古新發現中重建新石器時代的中國史前史。我則不務正業，第一次整理了關於

《紅樓夢》的新看法，這是十幾年後我寫《紅樓夢的兩個世界》的遠源。討論會為此書種下了元胎，否則連胎死腹中也談不上，更不必說見之文字了。但光直是這個會的靈魂，若不是他的推動，討論會根本便不可能出現。他的推動力在我的生命史上留下了三個清楚的印迹，我必須借這個機會說出來，作為我們相交四十五年的一個紀念。

第一是他主編《中國文化中的飲食》（*Food in Chinese Culture*）這部書。他在研究生時期便一再提到要和我合作，結合考古學、人類學與史學，最早曾建議合寫中國的節日，如中秋、端午之類。但當時各自有更急迫的研究計劃在手，此事終無下文。一九七二年冬，他忽然從耶魯打電話給我，很鄭重地提議要集合人類學家和史學家，共寫一部中國飲食史。那時人類學家如李維斯陀（Claude Lévi-Strauss）和道格拉斯（Mary Douglas）都有著名的論著問世，尋求「食」的文化意義。恰好他一向研究的商、周禮器與飲食有極密切的關係，青銅器上的「饕餮」圖形更對他具有神秘的吸引力。所以這一飲食研究的計劃仍是他長期對中國文明起源做整體掌握的一部分。人類學的新潮流不過適逢其會，觸動了契機而已。我們經過多次交換意見之後，他堅邀我寫漢代一章。我對這個計劃十分欣賞，但要我搜集文獻與考古資料，寫漢代的飲食，我的興致實在不大。最後我一口答應下來主要是為了和他的交情，同時也算實踐了以前關於學術合作的承諾。但那時我已決定了向哈佛告假，回到香港母校新亞書院去服務兩年；這也是踐十八年前的宿諾。我預計在港期間的行政工作必定十分忙碌，寫漢代飲食章大概只好等到一九七五年回美以後再說。一般合作寫書，拖上三兩年是常事，所以我一點也沒有緊迫感。誰知我的如意算盤完全打錯了。光直這位主編非常人可比，我在一九七三年七月中剛到香港，他八月間已追踪而至，提醒我不可忘了稿約。第二年春間他大概隔兩三個星期便有信來催稿。我有一封回信，其中一句是「食指尚未動」。這是順手拈來的雙關語，雖曾博得他一笑，卻未能激發他的慈悲心。我知道逃無可逃，只好在百忙中擠出時間來，還了這筆債。當時我的窘迫，至今記憶猶新。但這是我們惟一的合作成績，作為友誼的象徵，是很可珍惜的。

第二件事是我從哈佛轉到耶魯。我是一九六六年回到哈佛任教的，至一九七七年已十一年，早已定居下來，根本沒有想到還會移動，光直可以說是我到耶魯的最大原動力。一九七六年耶魯中國史教授萊特（Arthur F. Wright）突然去世，光直便想把我搬過去。他一方面向我重申合作之議，另一方面大概也努力說服了歷史系的史景遷（Jonathan Spence），由他出面和我正式接洽。詳情在此沒有細說的必要，總之，我最後之所以動念，和光直共事合作確是一個重大的誘因。但是我完全不曾想到，就在同時，哈佛人類學系也在積極進行把光直請回來。等到我知道這件事時，我和耶魯的商談差不多已至最後階段，不便出爾反爾了。我和耶魯歷史系、東亞系的同仁都無深交，光直是我惟一的熟朋友。如果早知道光直可能離開，我大概從頭便不會考慮耶魯的事了。最後我們兩人只好同意各自做抉擇，結果則是我去他來，移形換位。這是一個巧得不能再巧的陰錯陽差，大概只有佛教「緣」之一字可以解釋：我們沒有共事的緣分。

最後一事則是他推動我訪問中國大陸。早在一九七三年他已參加過一個學術訪華團，在大陸訪問了一段時期。他們的團體回程經過香港時，光直還打電話要我用車子去九龍火車站接他們。他的專業是考古，平時對大陸考古學界的重大成就又深致推挹，他希望多和中國的同行做學術交流，這是天經地義的事。一九七八年夏天，「美中學術交流委員會」忽然要我擔任「漢代研究代表團」的領隊，去大陸做一個月的訪問，光直也是團員之一。這件事突如其來，我完全沒有心理上的準備。這個「交流委員會」事實上是美國官方的組織。我與這個組織素無來往，一個人也不認識。約我做一個普通團員也許還勉強說得過去，承擔領隊的重任，對我而言，簡直是天下奇談。當然我很快便明白了，這件事完全是光直在後面一手促成的。大概他覺得我對中國大陸太隔膜了，這是使我大開眼界的好機會。我們的代表團於一九七八年十月十六日從東京直飛北京，先後參觀了洛陽、西安、敦煌、蘭州、長沙、昆明、成都等地的漢代遺址和出土文物，最後於十一月十七日從北京啟程返美。除了北京之外，這些地方都是我一九四九年底離開中國以前所未到過的。我確實開了眼界。此行我又先後會見了俞平伯、錢鍾書、唐蘭、唐長孺、繆鉞諸先生，他們是我心儀已久的學術前輩。我個人的收穫是十分豐富的。今天回想起來，我還是對光直感念不已。但是最可懷念的則是在這一個月中，我和光直朝夕相處，無所不談。在相交四十五年間，我們從來沒有在一起說過這麼多的話。這次旅程中我還發現了光直內心深藏著另一個精神要素，令我十分驚異。有一次在火車上，他忽然說，他早年一直有一種嚮往，即如果能為人類、國家或民族做出一件大有貢獻的事，而自己炸得粉身碎骨，那才是最痛快不過的。這使我立刻想起聞一多的一番話：

> 我只覺得自己是座沒有爆發的火山，燒得我痛，却始終沒有能力炸開禁錮我的地殼，放射出光和熱來。

光直在表面是十分平靜安詳的，我完全沒有想到他竟有此「壯懷激烈」的一面。知人真是談何容易！

光直這句「壯懷激烈」的話時時縈回在我的心中，但並沒有深想下去。現在我似乎恍然若有所悟。他的話表示他內心存在著一座「火山」，像聞一多一樣，這是可以肯定的。但「火山」不過是一個比喻，實質上這是蘊藏在一個人內部的創造力。創造力特別大的人便會感到內在的火山時時要求爆發。光直早年的嚮往說明他的巨大創造力已在迫不及待地尋找突破的出口。後來的客觀環境使他走上了學術的道路，他的全部創造力便發揮在古代研究上面。火山也不必一定要采取一次總爆發的方式才能放射出光和熱。我們可以說：他是一座沒有爆發的火山，但是他的光和熱已永遠留在人間。

讓我用最後這一段話作為懷念亡友的悼詞。

二〇〇一年十二月三十日於普林斯頓

（原載《聯合報》，二〇〇二年二月四日）

「寧鳴而死，不默而生」
——在劉賓雁追思會上的發言

劉夫人，家屬，各位來賓：

今天我們都以同樣沉重的心情，在這裡追思劉賓雁先生。我想這種感覺大家是完全一樣的。

我現在只是想從我個人的觀點，對賓雁先生做一個簡單的頌詞。我不是無緣無故地，或者只是敷衍式地歌頌一個剛剛走進歷史的人，而是真實的感覺。

我記得第一次認識賓雁先生，我還在耶魯大學——我剛剛跟我的老朋友鄭愁予先生問過是哪一年，後來發現大概是一九八二年。我還記得跟他沒有多說話，但是他跟我握手是很親切的，有一種交流。我感覺他非常誠懇，他一心一意想為中國好。我那時已經知道他是一個非常敢說話的人，中國叫做敢言之士。那時候《人妖之間》已經出版了，大家都知道賓雁先生的大名。但是，後來因為劉先生被趕出中國（不是趕出中國，是八十八年出國，八十九年在海外抗議六四屠殺，不被准許回國），在美國住了很多時間，也有一段時期在普林斯頓大學，所以我們就更有機會交流。

我的感覺，就是他的一些綽號，或者大家喜愛的一種稱呼，像「中國的良心」，「劉青天」，這都不是沒有理由的，都是非常有根據的。因為他始終是抱著一種正義感，社會正義感，是非常強烈的。特別是要為受苦受難的老百姓說話。我今天想用「老百姓」這個詞。這個詞比「人民」好，因為「人民」這個詞已經被濫用了，所以我不想用「人民」這兩個字。他對中國老百姓說話，恐怕是他最大的特色。他能夠暢所欲言也就幾年。就是從右派解放以後，大概七十八年以後吧，到八十八年被趕出黨，被趕出中國。就是這幾年的時間，他做了他能夠做到的，最大限度的事情，就是為老百姓說話，伸張正義，同時也敢於對腐敗的權力，邪惡的權力大加討伐。這是他的貢獻。所以，叫他「劉青天」也罷，叫他「中國的良心」也罷，他都是當之無愧的。

《紐約時報》報導他逝世的一篇文字，稱他為「內幕評論家」，用中國話說，就是「體制內的批判者」。所謂「體制內，就是他是中共黨員。他是滿腔熱血去革命的。而革命是出乎很純潔的抱負，是一種不平之感。在這個情況之下，他一直是相信社會主義的，也相信馬克思主義的。我想，他到老年還沒有拋棄他早年的理想。這是他特別值得我們尊敬的地方。

但是這個理想，他慢慢發現不對了。他發現從史達林到毛澤東，所實行的，在他講，都是假的，虛偽的假馬克思主義，社會主義，而不是真正為人類的平等，自由等種種價值而努力的一種社會制度所以他不能不說話，不能不批評但是他並不是想推翻什麼，或者有什麼激烈的行動。他只是站在體制之內，希望中國在體制不動的情況下，慢慢走向光明。尤其是在毛澤東死了之後，他以為這也許有一個機會。因為當時在中國，在中共黨外，黨內，都有一種期待，覺得最大的問題解決了，現在真正的問題是怎麼樣走上社會主義。劉先生就是在那種心態之下，出來說話的。

他所到之處，我所知道的，老百姓有各種苦難，都向他訴求。希望通過他的筆，在《人民日報》上發表出來，得到一種公平的待遇。所以他在這種情形之下為老百姓說話，暴露了黨的——他自己的黨的——許多罪惡，這是他最後被鄧小平趕出黨的重要原因。

但實際上，他是更忠於黨的。他忠於黨，用他的話說是「另一種忠誠。」他不是奴才式的，沒有思想的追隨，盲目的追隨，而是希望這個黨真正走上社會主義道路。能夠給中國建立一個公平的社會。所以認為他的黨應該是為了老百姓服務的，為中國努力的。所以他的所謂「愛」、「忠」，都是對中國，也是對中國老百姓，而不是狹義的對一個執政黨的愛。

賓雁先生信仰的是馬克思主義。那麼他的這些正義感，他的這種敢言的精神是不是完全是從馬克思那裡來得呢？我相信當然有關係。但是我不相信這是最重要的原因。最重要的原因，還是因為他是一個中國人，他是中國文化培養出來的人。在他沒有接觸馬克思主義之前，他早已接受了中國的文化。作為一個中國知識人，他不可能不接觸到許多中國過去的傳統。這個傳統有好的有壞的。壞的，在五四時代以來已經慢慢被批判了。但是好的，還是在中國知識人的身上。我的感覺是，這種敢言的批評（行為），正是中國知識人的——我們叫「士」的——一個最重要的傳統，這個傳統就是要說話，這是我們從周代可靠的文獻中知道，在孔子以前，早已有一種說法，士是要說話的，要批評的。老百姓，庶人也要說話的，也可以謗的，可以罵政府的。所以，我們有「士傳言，庶人謗」的古訓。老百姓對政治不滿意，我們要知道。這是中國很早的一種智慧。最早上古的帝王都有這樣的智慧。就是說「防民之口甚於防川」。你要不叫老百姓說話，比防河缺口還要難。是做不到的。所以最好是讓老百姓說出話來，鼓勵老百姓說話，鼓勵老百姓甚至於罵。我們叫「謗」誹謗的「謗」。庶人謗是一個普遍現象。所以孔子就說，「天下有道，則庶人不議。」如果天下有道，社會合理的話，老百姓就不會罵，不會批評的。這個老百姓也包擴「士」在內。所以，換句話說，如果無道，那一定要罵的。所以這是「士」的一個基本精神。劉先生就繼承了這樣一個精神。

這個精神在宋朝，儒教復興以後，有更現代化的形式出現，這就是我們人人都知道的。

有一位范仲淹，他一生就是敢說話。三次在朝廷被貶出去。每一次被貶出去，朋友都在開封給他送行，送出開封。那時開封是中國的國都，就說，你這次很光榮。第二次說，更光榮。第三次就說，更光榮得不得了了。所以范仲淹自嘲地說，我現在前後已經三光了。這是他敢說話付出的代價。但是我們知道，那時候，執政的人雖然不喜歡他，把他趕出去，可是他擁有他的朋友，他的同僚。知道他的人都越來越佩服他。這也是劉先生的遭遇。劉先生兩次給趕出黨，雖然不是三光，但是也差不多了。所以他一次比一次光榮。而在實際上，儘管他的黨討厭他，可是他自己受到老百姓，受到朋友，受到知識界，受到許多正義感的人的尊敬。

范仲淹也說過一句話，他第三次被趕出去以後，有一個朋友寫了一首賦「靈烏」，就是烏鴉，很靈活，神靈的一種烏鴉，老要叫。我們中國實際上是討厭老鴉的。認為老鴉是不好聽的。可是老鴉表現牠自己的感受，不能不叫。所以〈靈烏賦〉就是歌頌范仲淹的。范仲淹做了一個長賦，作為答覆。其中有兩句話，很有名，這兩句就是說：「寧鳴而死，不默而生。」什麼叫寧鳴而死？就是說這個老鴉寧可叫，鳴，而死掉，但是他不肯默默的不出聲而活下去。所以胡適之先生稱為，這是中國「不自由，毋寧死」的一種表現。中國有這個觀念，只是說法不同。

劉先生當然就是繼承了這樣一個「寧鳴而死，不默而生」的傳統。這也是中國文化中的一個傳統。關於這個老鴉，後來胡適之自己有一首詩，也叫「老鴉」。新詩很難背，不過我大概記得是這樣說的，他是以老鴉的口氣做這首詩的，他說，我大清早起，在人家屋上啼，人家討厭我，說我不吉利（老鴉叫。大家認為不吉利的），但是呢，我不能呢呢喃喃地討人家歡喜[1]。

這就是胡適當時為自由主義者爭取說話的自由。先是罵國民黨，後來當然罵共產黨，以致左右不討好，招兩面咒詛。這首詩也就是繼承了范仲淹〈靈烏賦〉的傳統。所以在我看來，賓雁固然是馬克思主義者，固然受到馬克思主義關於社會正義（理論）方面的激勵，但是說到最後，他仍是中國文化的，一個重要的，光輝的產品。

謝謝。

（原載自由亞洲電台，二〇一〇年十二月三日。北明根據錄音記錄整理，經演講者本人審校）

1 胡適〈老鴉〉全文：一，我大清早起，／站在人家屋角上啞啞的啼。／人家討嫌我，／說我不吉利；／我不能呢呢喃喃討人家的歡喜！／二，天寒風緊，／無枝可棲。／我整日裡飛去飛回，／整日裡又寒又饑。／我不能帶著鞘兒，／翁翁央央的替人家飛；／不能叫人家繫在竹竿頭，／賺一把小米！

儒家傳統　新亞精神

——敬悼孫國棟兄

國棟兄是我六十年的朋友，遽然聽到他的死訊，我自己彷彿若有所失，而且所失非細。這使我頓時想起了我們的共同老師——錢穆賓四先生的幾句話：「朋友的死亡，不是他的死亡，而是我的死亡。因為朋友的意趣形象仍活在我的心中，即是他並未死亡；而我在他心中的意趣形象卻消失了。」我現在的內心感受正是如此：國棟兄的意趣形象仍活在我的心中。讓我略道一二，以表達對他的深切悼念。

我最初認識他大概是在一九五二或五三年。那時我們都向《人生》雜誌投稿，他後來還在《人生》正式擔任編輯的職務。由於傾慕辛棄疾（一一四〇—一二〇七）《稼軒詞》的緣故，他以「慕稼」為字，並用作筆名。所以我最早認識的是「孫慕稼」而不是「孫國棟」。我記得我們第一次見面是在《人生》創辦人王道先生所召開的座談會上。他為人和藹謙沖，雖然比我年長八歲，但一見如故，從此奠定了我們之間的友誼基礎。

我對國棟兄的進一步認識，反而是我到美國讀書以後的事。他在一九五五年秋季考進了新創立的新亞研究所，成為第一屆研究生。那年，他是三十二歲，從中央政治大學畢業已七八年了，但他的向學之意一直很強固；此時決心從頭來起，由政治學轉到史學，在賓四師指導下，專門研究唐代政治制度史。他的國學根基遠在一般大學畢業生之上：他不但能通讀古典經史文本，對於詩、詞、書法等也有很高的造詣，因此進入研究所後很快便獲得賓四師及其他導師的賞識。他的碩士論文是關於唐代三省制的發展研究，一九五七年在《新亞學報》上刊布後，受到中外學者的一致推重。我讀後立即寫信給賓四師，表示欽佩之意，同時也提出一點相關的討論。賓四師在覆函中說：

孫君國棟在此任教通史已第二年，努力不懈，頗得學生信仰。……弟此信中討論孫君文字，已轉與孫君閱過。學問之事必得互相觀摩，始有進境也。（見一九五七年十二月五日錢函）

這是我們論學論文互相商榷的開始。國棟兄對我的幫助也很多，例如一九七四年我為賓四師八十歲生日紀念論文集所寫的《序言》及二〇〇九年受母校之命而寫的《新亞書院紀念碑銘》，都曾得到他的親切指點和細心改正。

我們往來最頻繁、合作最密切的時期是一九七三至七五年在新亞共事的兩年。當時我之所以敢於返母校擔任從來沒碰過的行政工作，主要是因為唐君毅師親口向我保證：國棟兄將會全力以赴，幫我處理一切疑難雜務。君毅師說，國棟兄在新亞書院所兼職務多至二十六項。我完全相信這一保證，因為我清楚地記得，賓四師早在一九六〇年便曾告訴過我：

孫國棟推薦作訪問一年，不知此次能成否？（英時按：指哈佛燕京訪問學人。）此君為人為學極篤實，在學校擔負事情不少，仍能在學報及學術年刊上

連登兩文，均極不壞，明年若去哈佛，學系中少一柱子……（一九六〇年十一月三十日函）

國楝兄一身兼具學術研究與行政領導兩種相反而又相成的才能，這是很稀有的結合。可見賓四師發現國楝兄的領導本領比君毅師還要早十幾年。我在新亞兩年，國楝兄的正式職位是文學院長，但事實上我先後碰到許多大大小小的困難問題，大部分都是他幫我解決的。

最後我必須指出，全面地看，國楝兄的「學」與「行」不但繼承了儒家的傳統，而且也體現了新亞的精神。一九八三年他退休之後，遷居美國舊金山灣區。其時正值「文化熱」流行，他閉戶著述，寫了不少文章，闡明中國文化與現代普世價值之間大有可以互相支援的地方。長期以來，一般人對於儒家和中國文化的誤解和曲解，在他的筆下得到了基本的澄清。一九八九年天安門民主運動興起，他和冰姿嫂同是熱烈的支持者；「六四」之後，他們則悲憤莫名。國楝兄對天安門英烈的贊詞曰：

凜凜千古，烈烈英魂；大哉生命，取義成仁！

他肯定為爭取民主而死即是「取義成仁」，儒家價值和現代普世價值便融成一體了。

從一九八九年到一九九五年，國楝兄一方面定期在加州大學柏克萊分校為香港學生作文化講座，另一方面則為中文報紙撰寫時事評論，對於「黨天下」的海外代言者毫不留情地口誅筆伐。我記得他先後多次寄來為我辯護的報紙短評，使我至今感念不忘。

清初顧炎武（亭林，一六一三——一六八二）曾借用《論語》中兩句話來界定「聖人之道」，其原文曰：

> 愚所謂聖人之道者如之何？曰「博學於文」，曰：「行己有恥」。自一身以至於天下國家，皆學之事也。自子臣弟友以至出入往來，辭受取與之間，皆有恥之事也。」（《與友人論學書》）

賓四師說，「亭林論學宗旨，大要盡於兩語」，真是一針見血。亭林為什麼要「學」、「行」並重呢？這是因為他強調「君子之為學，以明道也，以救世也。」（《與人書二十五》）「明道」是理論方面的事，自然要「博學於文」；「救世」

是實踐方面的事，便必須從「行己有恥」開始。但是這裡我要趕緊作一補充——「新亞學規」第一條說：

求學與做人，貴能齊頭並進，更貴能融通合一。

這條說的便是「學」、「行」並重，而「明道救世」也恰好是新亞的原始精神之所在。所以我說：國棟兄不但繼承了儒家的傳統，而且也體現了新亞的精神。

本於此義，我寫了下面這副輓聯：

博學於文行己有恥
儒家傳統新亞精神

二〇一三年七月二十二日

（原載《明報月刊》第四十八卷第九期，二〇一三年九月）

追憶揭露文革真相的澳大利亞漢學家李克曼

悼念一位剛剛故去的漢學家，不但有名而且跟我很熟悉。他的死在《紐約時報》有很大篇幅的報道，他曾經是澳前總理陸克文的老師，陸克文會說流利的中國話，就是他教出來的，而且他的影響非常大。

他的中文名字叫李克曼（Pierre Ryckmans）。李克曼實際上是比利時人，他很早就對中國有興趣。他大概是一九三六年出生，所以在一九五五年，那時候中共剛成立不久還沒有發生反右等很壞的事情，雖然思想控制已經很緊張，外面看不出來，那個時候就是一九五五年李克曼跟一群比利時同學第一次訪問中國，受到相當隆重的招待，最後連周恩來都出面跟他們談話，他一見中國就愛上，但愛上中國不是因為政治，與政治毫無關係。他喜歡中國的建築，喜歡中國畫。他的愛好是非常真誠的，而且越來越深，所以他不但要學中文，還要多讀中國書。可是在一九五五年的時候在中國做研究、做學生不大容易，還有種種限制。所以他就到台灣去學中文。學了好多年，學了一口非常流利的中文，後來還娶了一位夫人也是他在台灣時期的同學。

李克曼一直對中國有一種嚮往。那個時候從一九四九年以後我們都知道西方的漢學家研究中國的人都接受了一個浪漫主義的看法。認為毛澤東的革命是個偉大的革命。毛澤東想重新改造中國，也是非常偉大的。他能發動所有人民來進行一場徹底的革命。儘管那個時候中共已經打了韓戰，可是在一般大學裡面的先生跟學生，不但是歐洲，尤其是美國，都對共產黨有一種非常浪漫的幻想，這是我親自經歷的。他們並不是傾慕共產黨的大權勢，而是理想主義者。所以西方理想主義者大部分都嚮往中國。而且認為文化大革命是一個不得了的，翻天覆地的，改造中國新的歷史的開始，也就是中國天堂在那個時候開始建立了。

可是我們知道李克曼在五〇年代甚至於六〇年代都還對中國有一些很好的美好

的想法，可是也觀察到中國慢慢走上了可怕的道路。第一個使他驚異不止的就是大躍進。這個大躍進三年之內死的人之多是不可想像的。不過這還沒有看到暴力，只是看到人的死亡，而這個死亡在中共的宣傳中就是因為天災，氣候不好，農業發展不了，而事實上是毛澤東的政策造成的。這個還在其次，最可怕的是一九六六年文革開始。這個時候李克曼就徹底地失望。因為他在北京到處想找中國的城牆，最後城牆找不到，只看到故宮之類的建築，雖然北京還有許多廟、還有許多城門還是很好的，可是在文化大革命都開始摧毀了。

這種徹底的失望最後就導致他寫了全世界最有名的一篇文章，當時影響很大的就是《毛主席的新衣》。我們知道西方有《皇帝的新裝》。那時候他不敢用自己的真名字，用的是一個筆名，這個筆名實際上更加流傳在西方，叫西蒙萊斯，這個名字一直在運用，甚至在翻譯中國《論語》的時候他也用這個名字，沒有用李克曼，但是在寫他的藝術史的時候用李克曼，所以這個李克曼是有兩面的，一面是寫真正的中國文化、寫藝術史的學者，而且是非常成功的，非常有影響力的，這是在學術方面；而在政治評論方面他對中國的了解可以說是首屈一指的。在整個文化大革命期間，西方浪漫的漢學家都是歌頌中國是新的天堂，只有他一個人實際在中國進進出出很多年所以他非常憤怒，他感覺中國不但摧毀了中國文化，而且也把近百年來傳到中國的西方文化也一筆勾銷了。

在中國叫封建，西方叫資產階級，在這兩個名號之下文革摧毀的東西是不可想像的。而且用暴力對付老師，對付學者更使他看得心驚肉跳。所以他最後在一九七四年用法文寫了一本他的名著《中國的陰影》。這本書是他全面觀察文化大革命所造成的影響。我跟他在香港提出我的一些看法，比如我說共產黨是中國過去的帝王，除了秦始皇以外第二位就是明太祖。我舉了許多例證來證明這件事情，當時在香港的《明報》月刊上面發表，很受重視。他也看到這篇文章，所以特別找我。這樣我們才認識。先後又談了幾次都彼此印證，因為他可以告訴我實際情況，我可以告訴他怎麼跟中國歷史上少有的專制皇帝的所作所為連繫起來，這樣可以認識毛澤東，不要把毛澤東看成一個好像真的是天神下凡來救中國的。所以這個地方我們談得非常投機。這樣就建立了我們的友誼。

（原載自由亞洲電台廣播稿，二〇一四年八月二十九日。根據作者八月二十日錄音整理，未經作者審校）

懷念趙復三

剛剛過世不久的一位值得尊敬的人物，就是今年七月十五日在耶魯大學附近的紐黑文逝世的趙復三先生，他是當時在共產黨政權下非常重要的一個人物。他最早是愛國基督教領袖，跟其他的佛教領袖和其他的天主教的領袖是齊名的。此外，他的英文很好，他的學問也不錯，所以他又轉入學術界，最後是在中國社會科學院做到副院長，在這以前他也是秘書長。

我認識趙復三先生是在一九七九年。那一年我們知道中共第一次派社會科學院重要的學術領袖到美國來訪問，其中有社會學家費孝通、文學批評家錢鍾書、還有歷史學家研究民國史的李欣，還有其他幾位。這是一個重要的代表團，第一次訪問美國，在美國各大學重要的地方都停留了十天八天，引起了很大的重視，領導這個代表團的就是趙復三先生。

這個代表團是由我負責招待的，我在招待中才知道趙復三先生。我是第一次認識他，原來是黨的領導，我何以知道呢？因為在耶魯大學校長召集的一次大會上要開始致辭，這個致辭人就是共產黨的領導，可是這個時候趙復三先生說希望錢鍾書先生出來說話，錢鍾書一再謙讓，說應該是你說話不該我說。由此可見，代表黨的領導人在這個集團中間趙復三先生在暗中是領袖。但是，他很尊重錢鍾書的學問，尤其是他的英文特別好，在這個場合之下，他就推讓給錢鍾書先生了。從這件事情和他們兩人的談話之間和後來跟他們的交往跟對話，我知道他是整個代表團實際的領袖，雖然表面上他沒有什麼特別的名義，換句話說不管到什麼地方該做什麼事都是由他決定的，所以他的重要性可以不言而喻。

一九八九年的六四使他整個改變了，他那時候已經六十四歲了。那時候他是代表聯合國科教文組織的會議，他以中國代表團團長的身分在羅馬開會的時候當眾譴責中國政府開槍殺學生，這一舉動當時震驚了整個歐洲。當然他自己從此就不能兼容於共產黨，他就一個人留在歐洲到處流亡。所以他說那個事件是他重新做人的一個開端，早年我們知道他的背景其實是一個共產黨所謂受過資本主義教育，就是現代文明教育的一種知識人，而這種知識人多半是尊重一些普世價值，比如說人權、自由、平等、民主，這都是他非常尊重的東西。

共產黨領導人一度要他回中國，他堅決地拒絕。他的答覆是非常有意思的，他說：「絕不再整人，也不要別人整」。同時，最重要的是他要重新做人，他要真真實實地做一個仰不愧於天，俯不怍於地的一種知識人。這樣的一種知識人的風格可以說是從中西文化兩個最精華的部分結合起來的。他在流亡的時候，在歐洲一兩年然後又到美國來。雖然流亡，他從來不放棄工作，所以他在流亡期間不但寫了很多的文章，而且到處做演講，也到過台灣，也到過歐洲各地還到過加拿大，到處做演講。演講的時候別人問他跑出來以後後悔不後悔？他說他絕不後悔，他覺得他真正地像一個人了。他有一句很有名的話「愛國不只是眷戀桂林的山水，或者德州的燒雞，而根本上是愛中國的廣大的人民，愛中國文化的精髓」，就是道德價值，比如仁義禮智慧信這些道德是非常重要的，因為他從小就受這種教育在心裡，直到八十九歲過世。在這個二十多年中他受盡了一切苦難，但是他完全不在乎，完全心安理得。現在又有他的新文集在台灣出版，很重要。大家可以從這裡面看出他的為人。我覺得像他這樣的人在中國是非常少有的，趙復三先生是我們的一個特別的榜樣。我希望中國年青的知識人還有更多的人能夠向他學習。

（原載自由亞洲電台廣播稿，二〇一五年九月十一日。根據作者錄音整理，未經本人審校）

悼念老友劉述先兄

很多年來，我因年事已高，平時足不出戶，和朋友們的交往也接近於零，因此見事頗遲。述先兄逝世，我是在報上讀到的，然後才用電話向台北友人詢問，略知梗概，為之不歡者累日。我和述先相識，屈指已五十年左右，像這樣長時期的老友，我計算一下，已沒有幾人，悽愴與悵惘之感何能自已？先師錢賓四先生曾說過「朋友的死亡，不是他的死亡，而是我的死亡。因為朋友的意趣形象仍活在我的心中。即是他並未死亡，而我在他心中的意趣形象卻消失了，等於我已死了一分！」下面讓我將述先在我心中的意趣形象寫出一二，以表達我對他的深切悼念。

我第一次和述先見面是在一九六八年。這年暑假在西北大學（Northwest University）任教的著名人類學家許烺光（Francis L. K. Hsu）先生召開了一個有關中國文化特色的研討會，從文化人類學的特殊角度出發，他決定先找出中國本土出生的人對於自己的文化是怎樣理解的。所以他邀請與會的都是在美國從事中國研究的華裔學人。許先生本人則祖籍遼寧，燕京大學社會學系畢業，和費孝通同學，從文化上說，他仍自許為「中國人」。當時參加會議的人士大約在二、三十位之間，但我現在能記得的只有普林斯頓大學的劉子健先生和芝加哥大學的鄒讜和何炳棣先生。這是因為我作報告時，主席是鄒先生，而劉、何兩先生則和我進行了相當長時間的反覆討論。何先生用時最久，以致引起許烺光先生很有禮貌的干預，請他留些時間給別人發言。不料何先生大怒，終使整個會議陷於僵局，雖經主席一再婉言調解，也未能恢復最初那種和諧與親切的氣氛。這一意外不幸竟成為此會最令人難忘的一幕。

除了上述三先生之外，今天我僅僅記得述先一人，可知當日初見在我心中所留下的印象之深。但這也不是偶然的。述先當時在南伊大（Southern Illinois University）哲學系任教。我們雖然沒有機會見面，但學術上確有一點間接的淵源。由於他在哲學上早已與牟宗三、唐君毅兩先生走上同一方向，對於香港的新亞書院和《人生》雜誌也知之有素，因此我們在未見之前，彼此已不陌生，而「一見如故」這句成語用在我們兩人身上則恰到好處，沒有一絲一毫的誇張。

我們在會議間歇期間頗多私下交流，內容多已不在記憶之中。不過他當時對何先生所顯露的霸氣似乎感受頗深，曾一再追問我其人的背景為何？一九九〇年代末，何先生在《二十一世紀》季刊上發表了一篇猛烈批評杜維明先生和新儒家的長文，後者未作正面回應，但述先卻拔刀而起，痛予駁斥。我讀後立即聯想起，三十年前種下的一點根苗不但已長成大樹，而且開花結果了。

我再度和述先晤面已在五、六年後。一九七三—七四年我從哈佛告假回香港，為母校短期服務。適在此時，述先也從南伊大告假，以訪問身分來新亞授課一年（一九七四—七五）。這時唐、牟兩先生剛剛退休，他們都希望述先最後能長期回港，繼任哲學系講座教授的位子。在這一學年中，我們之間的公私交往都相當頻繁，不但在思想上彼此的認識很清楚，而且在情感上也進入了相互信任的階段。

但不幸這段時間發生了一個意外的大風波。一九七四年初迫於香港政府的巨大壓力，中文大學成立了一個體制改革的「工作小組」，即將原來三院各自獨立的體制改為行政集中於大學本部的體制。更不巧的是在一九七三—七五兩年，大學副校長恰好輪到新亞的院長擔任，於是「工作小組主席」的任務便自然而然的落到了我的頭上。在每週開會一次的一年多時間內，「工作小組」同仁們雖儘量想尋求一種方案，可以使三間學院的獨立性保持到最高限度，但最後仍以失敗告終。新亞的元老和董事會反對最為強烈，作為改制小組領導人，我甚至已受到了「背叛母校」的控訴。

在這場風波的高潮時期，大約在一九七五年的二、三月間，新亞教師中反對改制的人都已公開表達了他們的明確立場。但逑先始終未發一言，僅在一旁作冷靜的觀察。他認同新亞的文化理想，這是毫無可疑的。但對於「工作小組」在兩難中作掙扎，他卻抱着同情的理解，對於我個人的信任也沒有任何動搖的跡象。在這一段期間，他避免和我有私人接觸，我想這也許是由於他不願引起旁人的無謂猜測。但他對於我主持「工作小組」的動機並無一絲一毫的懷疑，則我是確實感受到的。

我們在新亞共事這一年，還有一個值得一記的尾聲。一九七五年六月以後，我告假期滿，必須回哈佛任教，這一點是新亞董事會早已知道並且同意的。但董事會最初所準備的繼任人此時受上述風波的影響，選不出來，因此希望我在離職前推薦適當的人選。新亞院長首先必須得到元老和董事會的絕對信任，這是不用說的。但院長日常交涉的對象則是大學本部，這是書院經費的唯一來源。所以它一方面為爭取書院的獨立而與大學本部相抗，另一方面又不能不與之合作，使整體大學得以自由運轉。大學校長接受與否也是成為書院院長的一項重要條件。我當時反復考量之後，覺得述先最符合上述兩方面的要求。但我必須先徵求他的同意，然後才能向新亞董事會正式提出。

不記得時間了，大約在一九七五年四月前後，我特地從山頂住處步行下山，到他山下的宿舍，和他長談了一次，我希望能說服他在這困難時期幫新亞渡過危機。但無論我橫說直說，他都不為所動。我不知道是他以我為前車之鑒，還是不願拋棄教研而轉入行政，也許兩者都有之，總之，他堅決不考慮我的想法。我來訪的使命失敗了，但對於他堅守人生原則的精神，卻十分欽佩。

新亞分手以後，由於已建立了持久的友誼，我們之間的聯繫未嘗中斷。一九七六年秋季他特別從南伊大到哈佛來看我。這時他已接到中文大學哲學講座教授的聘約，開始考慮何去何從的問題。同時他也聽到我有重回中大的可能，想知道我的動向，作為他抉擇的一種參考。

我告訴他：我的人生承諾是研究和教學，重回中大的可能性是完全不存在的。但為他著想，無論是為了開拓中國哲學的研究或培育下一代的哲學人才，中文大學的環境都遠在南伊大之上，他的選擇應該是非常清楚的。我的話對於他有沒有發生影響，我完全不知道。但無論如何，他最後確確實實把自己的學術生命奉獻給中文大學了。不但他的主要著作都是在中大任職期間寫成的，而且他的長期講授也為中國哲學的傳承奠定了堅實的基礎。這些貢獻早已彰彰在人耳目，用不着多說了。

但一九八〇年代上半葉我們在新加坡還有一段很熱鬧的學術聚會。當時李光耀提倡「儒家倫理」，延聘了幾位華裔學人到新加坡，商討怎樣進行。與會者很快便得到一個共識，研究儒家倫理離不開中國整體的哲學背景，因此建議先創建一個東亞哲學研究所。這一建議為新加坡政府所接受，研究所便設立在新加坡國立大學的校園之內。接下來的當然是誰來擔任所長的問題。這是建所過程中最複雜，也最費時的一件大事。長話短說，最後大家一致同意，述先是唯一適當的人選。問題是他不可能棄中文大學哲學系於不顧。幾經磋商，他同意接受一學年之聘，將所先辦起來，以後一、兩年內，則於寒暑假期間來新加坡處理所務。這大致是一九八二到一九八五年的安排。

這三年之中，新加坡政府為支持儒家倫理計畫，通過研究所召開了一系列的國際研討會，被邀請的專家來自世界各地，不再限於華裔。述先參與設計和組織，貢獻很大。在會議之外，他還招聘了多位年輕學人，作博士後研究；他自己平時的主要工作也是研究，我記得他的《黃宗羲心學的定位》（一九八六年）便是在新加坡寫成的。

述先畢生致力於中國哲學從傳統到現代的轉化，現代新儒學的開拓尤其是他自覺承擔的使命。他一向被看作是「現代新儒家第三代」的領軍人物之一。從他的中、英文著作來觀察，「現代新儒家」之所以獲得國內外學術界以至一般社會的注視，他的功績在「第三代」中是無人可及的。根據我個人的認識，這在很大程度上是由於他具有一個開放的心靈。因此他和思想不同的人接觸，往往能夠做到荀子所說的「以仁心說，以學心聽，以公心辯」，而不帶一絲一毫偏狹的門戶意氣。我這樣說，絕非信口開河，因為他曾和我有過幾次論辯。我覺得他總是在平心靜氣地尋求我的議論的本意是什麼，然後才進行異同的探討。這是他在思想上的一大長處，也是一大特色，所以我特別指出來，以結束對老友的深切悼念！

二〇一六年七月三十一日於普林斯頓

（原載《劉述先先生紀念集》，香港中文大學哲學系，二〇一六）

悼念中文拼音之父周有光

周有光今年走了，前後活了一百一十一歲。這樣的長壽可以說是人瑞了，很少見。更難得的是他八十多歲以後開始寫很多關於中國現代化，批評政府，批評黨的文章，非常出名。可是他早期的成就不在這方面。我們現在知道他，全世界都知道周有光這個人是因為他從一九五五年開始就主持中國文字改革。他最主要貢獻就是把中國的拼音系統完全建立起來了；另外一方面則是他在語言學上所建立的地位。中共的黨也不敢隨便動他。他自己不怕被抓、被關，毫不畏縮。所以這是一個很重要的中國知識人的一個典型。所謂中國知識人的一個典型過去就是士。

一方面要有真實的學問，真實的成就，比如說他文字改革所取得的成就，但是僅僅是專業還不夠成為一個士，或者我們現在叫做真正的公共知識人，還必須對整個社會表現出無微不至的關懷。這樣的人就特別受到重視的。中國過去在一個君權之下還能維持一個相當合理的社會制度、政治制度。雖然有毛病但是就靠士，就是我們現在所說的知識人。周有光就是這樣的一個典型。可是他一生重要的目標是要進行中國現代化的建設。因此幾乎到了他晚年八十歲以後還在發表很多政治評論，盛名遠揚全社會。甚至是一百歲以後還寫了很多批評時政的文章集結成書。

他認為中國共產黨所走的路是不對的。他不能公開批評但他很明顯地表示中國的現代化是很重要的。他對毛澤東跟鄧小平的批評就可以看出來他的意向所在。對於毛澤東他講不出一句好話來，完全是否定的，完全是破壞而不是建設，跟他完全相反的，對於鄧小平他認為經濟建設是比較務實的一個辦法，可是不是最主要的。咱們中國人最重要的不是有錢，發財，而是能夠過一個合理的生活。這個合理生活他用兩個字概括，就是要民主。中國社會必須要有民主化。在民主這個大的號召之下他當然注重自由，注重言論自由、出版自由，尤其注重人權方面。所以他對人權方面說了許多話。因為國內有許多人權問題。只有人權律師過去有勇氣說話。可是其他人一般知識界的學者雖然心裡不滿意，但都只有不說話，不發言，心裡面是嚮往民主、自由、人權，可是不敢說出來。

而且有些在國內有些在國外，把這些文章都集起來先後有十本以上，從這一點來看他可以說是中國現代公共知識人的一個典範。我希望他在國外受到這樣的重視程度，能讓國內知道就是你要做一個公共知識人主持正義到底最後會得到理應得到的尊敬，而不是短期拿一點政府的錢，拿一點黨的錢就可以滿足的。中國過去都靠的是敢說話的知識人。他們不斷地說話所以中國歷史上學生運動從漢朝一直到明朝的東陵學派都是敢言的志士，雖然不是跟現代民主一樣可是他們是代表社會的正義。這個傳統我覺得是非常重要的。

（原載自由亞洲電台廣播稿，二〇一七年二月二十日。根據作者錄音整理，未經本人審校）

悼念志天表哥

志天表哥逝世，我個人特別難過。回想抗戰以後我們相處的一段日子，好像還是昨天的事。我們一起在紐約相聚的情況，更是深深印在我記憶中。志天一生（整整一生）都獻給了國家，他是一位真正的愛國者。從他女兒汪青那裡我知道他最後一年的心理狀態。他還是愛國，還是念念不忘為中國同胞謀幸福。他所承受的一切我心裡明白。我很想寫點東西紀念他，但是也怕下筆不慎，產生什麼副作用，所以只好暫時不寫，將來總有可以寫的時候。我曾受志天兄的影響，也關心祖國的事，有生之年，仍當本一己的良知為祖國做點事。志天兄並沒有死，他還活在許多人的心中。

（原載《項子明紀念文集》，北京大學出版社，二〇一〇年五月）

輯二

文字因緣

對《當代》的期待

台灣的出版界近一二十年來十分活躍。僅以期刊而論，其品類之繁便已到了難以統計的程度。一個新雜誌的創刊也許不會使讀者感到意外，更未必能引起讀者的特別重視。但是《當代》的出現則決不能等閒視之，而應該說是中國文化界的一件大事。創辦和支持這個刊物的是一群最富於文化理想和熱情的年輕朋友，我有幸事先聽到他們的計劃，深知《當代》的籌辦是十分慎重的，構想是極其周密的。我讀了《當代》創刊號的要目之後，更使我相信這將是一本最適合今天中國文化界需要的高水準期刊。

這是一本從廣闊的文化視野而設計出來的綜合性期刊。其中有思想、有知識、有文學，也有藝術。就我所知，台灣的雜誌雖多，卻單單缺少了這樣一種風格清新，能雅俗共賞的讀物。台灣的經濟早已邁入了現代化的階段，一般國民的教育也達到發展中社會的水平，但文化和思想的深度、高度、與廣度還不能和經濟與教育配合無間。絕大多數的期刊似乎都比較注重具體的現實問題，對於超越的、空靈的但實則觸及現代人靈魂最深處的許多問題卻不大關懷。「天下熙熙，皆為利來；天下攘攘，皆為利往」這是兩千年前中國商業初興時代的人生寫照，但今天則以千百倍的強度重現於現代化的世界。我們都在熙熙攘攘的狀態下消磨生命，但是很少人肯問：我們這樣日復一日的活下去究竟是為了什麼？這個現象本是世界性的現象，不過在中國似乎更嚴重，因而顯得突出，因為我們的傳統價值系統已經破裂，而新的價值觀念則一直沒有建立起來。西方的憂時之士早已在大喊：這是一個不思不想的時代。然而西方的宗教意識到底還能維繫一部分的人心。中國人的宗教意識本來便比較淡薄，在傳統價值系統破裂之後，精神上無處可歸的痛苦便更為深切了。這是所謂「文化危機」的確切意義。

「文化危機」只有靠發掘新的文化泉源才能解除，決不是政治經濟的力量所能濟事的。《當代》的創刊是我們重新發掘文化泉源的第一鋤，指向了一個嶄新的努力方向。但文化永遠是推陳出新而不是無中生有的，古今中外的一切文化傳承都可以是我們的源頭活水。我期待著《當代》的編者、作者和讀者同能以這樣廣闊的胸襟去開拓一個無限的精神世界！

（原載《中國時報》，一九八六年五月五日）

「議林」釋義

「議林」是本刊新闢的園地，旨在為旅居海外的知識分子提供一個自由發表意見的場所。

本欄定名為「議林」，不但取其莊重的中國古義，而且也兼取其嚴肅的西方新義。《論語》說：「天下有道則庶人不議」。「天下有道」是中國人自古相傳的烏托邦，可望而永不可及。但是人是有超越嚮望的動物，其向上之機決不能中斷。因此在「天下有道」的境界到來之前，「議」也不應有息止的一天，而且事實上也不可能息止。中國知識分子有一個最光輝而又最源遠流長的「議」的傳統。「士傳言、庶人謗」至少是西周以來相傳的制度；春秋時鄭人在鄉校謗議子產，而子產終不肯毀鄉校，更是歷史上有名的故事。「天下有道則庶人不議」正是承續這一傳統而來。

戰國時代齊有稷下學宮的設立，其中有各家各派知識分子的代表人物。據司馬遷說，這些「稷下先生」都是「不治而議論」的。「不治」是指他們沒有「官守」，但「議論」則是說他們負有「言責」。從此以後，「無官守、有言責」差不多便成為中國知識分子的最顯著的特色了。這在世界文化史上是一個十分突出的現象。根據現代的定義，知識分子之所以成其為知識分子，正在於他們在社會上雖無定位，但卻代表社會的良知；一切有關全社會的利害是非之事，無不在他們的議論的範圍之內。這種型態的知識分子在近代始登上西方歷史的舞臺，在中國卻早已出現了。

不過西方近代知識分子的「議」的傳統也自有其特呈奇采而為中國所不及之處。西方近代社會的發展是多元的，知識分子的思想也是眾流並進的。更重要的是，他們的「議」力求歸宿於理性，而不依傍任何其他的權威。康德論啟蒙運動的精神，首先標舉「運用理性的勇氣」，真可謂探驪而得珠。近數十年來雖有不少思想家和心理學家特別注意人的「非理性」的層面，但這種探索只能使我們更認識到理性的重要，而不是以動搖理性在文化中的大本的地位。

近代西方知識分子本理性發議，他們的議論如風起雲湧，因而突破了「是非不謬於聖人」的傳統約制。理性是人人所共有的，但個人之所見畢竟不能不囿於一己的特殊經驗和知識。理性不容許獨斷，任何人都沒有以自己的一曲之見抹殺他人異議的特權。所以容忍必然偕理性以俱至。在理性和容忍的雙重原則的指導之下，現代知識分子的議論真是林林總總，到了令人神搖目眩的境地。這正是我們所取的「議林」一名的今誼。

我們仍然對「真理愈辯愈明」那句老話深信不疑。不可否認，理性在我們的現實生活中確是不斷地遭受干擾和歪曲，以致不能充分地發揮它應有的功能。因個人或團體的利害而起的私意以及由知識水平的限制而來的偏見都足以使我們陷入「蔽於一曲，而闇於大理」的困境。但是脫出困境之道仍不外大家各從不同的角度，儘量本理性以發議。在不斷的交互議論之中，理性的光輝終有透過重重雲霧而照耀人間的時刻。近來西方不少思想家十分重視「議論」（discourse）的功用，其故便在於此。有一位哲學家說得好：「最重要的是談論必須不停地繼續下去，而且不受歪曲。」

「議林」中的議論將會繼續下去而不受歪曲，但我們總得給自己劃下一個範圍，而不能無邊無際地漫談。「議林」的範圍其實是十分廣闊的，因為一切和中國前途有直接或間接關係的論題都在它的領域之內。我們歡迎每一位作者都用最簡練的語言、最清楚的觀念、最集中的思考來對他所精選的論題提出他的獨特見解。「議林」雖有共同的關懷，但並沒有，也不要求，統一的看法。如果說「議林」要求任何統一的標準，那便只有「負責」兩個字：每一個作者都對他的良知負責。我們深信，每一個作者的良知都是理性的特殊呈露。

最後讓我們著重地說，「議林」的共同關懷是中國的前途，共同的根據是理性，共同的精神是容忍，共同的態度是負責。除了這四項原則之外，「議林」是完全自由和開放的。怎樣才能讓議論繼續下去而不受歪曲呢？有的思想家曾提出「理想的談論情況」（ideal speech situation）之說。就整個社會而言，這種「情況」也許永遠不可能出現。但是在一個比較狹小而可以控制的範圍之內，這一理想的境界也未始不能成為現實。法國啟蒙運動時代的「沙龍」便是最著名的先例。我們希望「議林」也可為海外的中國知識分子提供這樣一個「理想的談論情況」。

（原載《時報新聞周刊》第十五期，一九八六年九月九日）

談歷史知識及其普及化的問題

歷史知識在現代學術系統中如何定位？它在現代人的生活中有什麼用途？為什麼社會上不斷有「歷史知識普及化」的要求？這一類的問題不但一直困擾著專業史學家，而且也常常引起一般知識界的深切關注。在這篇短文中，我自然無法系統地討論這些大問題。但是為了支持《歷史月刊》的正大宗旨，我願意簡單地說一說我個人對於歷史知識在中國普及化的看法。

中國人自古以來便是一個最富於歷史意識的民族。與古希臘或印度相比較，史學在中國學術中顯然是占據著更中心、也更重要的位置。無論我們是否接受「六經皆史」的論斷，六經中的《書》和《春秋》都毫無可疑地屬於史學的範疇。而且孟子說：「王者之跡息而詩亡，詩亡然後春秋作。」可見在古代人的理解中，《詩》的主要內容是「王者之跡」，更是《春秋》的前身。因此它不僅為中國文學之祖，同時也是史學的先驅，詩中有史後來竟成為中國的一種特有傳統。最偉大的詩人杜甫便擁有「詩史」的尊號。司馬遷、班固以後正史的觀念逐漸形成了，中國人的歷史意識也隨之而更深化了。

再以中國的通俗文化而論，歷史意識的氾濫也是一種驚人的現象。「講古」或「講史」在中國小說發展史上一直是主流。正如歷史故事支配著一大部分的中國舞台一樣。我們有時候簡直感到，中國人離開了歷史經驗似乎便不能施展他的想像力和思考力了。古代希臘人當然也有偉大的史著和史詩，但以整個學術文化的系統而論，歷史意識顯然並不處於中心的地位，所以集大成的哲學家亞里斯多德在《詩論》中對歷史的評價是很低的，遠在詩之下。此中一部分的原因當在於古代希臘人特別重視思辯理性，尋求超越於現象之外的永恆真實，而歷史則似乎只是一連串的事象在時空中流變。背後找不到永恆真實，或「第一原理」，所以古希臘雖有各式各樣的哲學，但是卻沒有發展出有系統的歷史哲學。印度更是歷史觀念極為薄弱的文化，和中國形成了強烈的對照。現代印度學者發現中國佛教史籍上對於重要僧人的生卒年代竟都有詳細的記載，他們自然不能不感到極大的驚詫。

總之，歷史在中國文化傳統中一向是最受重視的；歷史知識一方面隨著學術研究而不斷提高，另一方面則通過各種方式普及於全社會。然而這種情況在近代已發生了基本的變化，這主要是由於西風東漸以後，我們的歷史觀念大為不同了。

中國人過去對於歷史知識的興趣，主要來自兩個方面：第一是鑑誡作用，第二是故事本身的趣味性。鑑誡所包括的範圍甚廣，但以政治鑑誡為最重要。唐太宗「以古為鑑」的名言，其實在上古已經出現。孔子所謂「周鑑於二代」便是說周公制禮作樂曾以夏、商為鑑而有所「損益」。《資治通鑑》更是這一方面集大成的傑作。現代人往往持「歷史不重複」之說而輕忽鑑誡的作用，其實是出於誤解。具體的歷史事象自然不曾重複（除非我們接受邵雍的歷史哲學），但古今歷史經驗大體相似的情況是隨處可見的，而人的行為類型在文化傳統中又是具有高度延續性的。因此在類似情況之下，人們往往會在有限可能的行為類型中選取一種。歷史的鑑誡作用在這種場合便顯出它的巨大效用了。以往事為鑑，歷史理性可以引導我們趨向成功和避免失敗。這種鑑誡作用並不是空談，在中國史上我們可以找得到許多實例。石勒聽人讀《漢書》，聽到漢高祖實封韓信為齊王便大為著急，認為一定要出亂子。後來聽說漢高祖改變了主意，他才鬆了一口氣。

這正是因為石勒和漢高祖有相似政治經歷，親身體驗到在這種情況下應該採取哪一種處理的辦法。石勒本人具有很好的政治直覺，他也許不需要師法漢高祖。但是若換了一個比較平庸的人，漢高祖的歷史經驗便極有借鑑的價值了。宋高宗是南宋的中興之主，他為了要汲取漢光武的中興經驗，曾細細研究《後漢書》，甚至手抄《光武本記》送給臣下。宋高宗總結了漢光武的經驗，最後得到以「柔道」治天下的大原則。中興之主的處境總是比較複雜的；一般地說，他是處於弱勢，不能像創業之君那樣可以大刀闊斧地暢所欲為，因為他必須應付各種不同的政治、社會力量。在中國史上，不但漢光武、宋高宗公開提倡「柔道」，東晉的元帝也是用「柔道」，故當時有「王與馬共天下」的說法。而且號稱「江左夷吾」的王導丞相更是以「柔道」籠絡多方面的人心，他為了爭取南方士著士大夫的同情而不惜學「吳語」，甚至在社交場合以梵語來敷衍有影響力的「胡僧」。

對於傳統士大夫——社會上的領袖人物——而言，歷史知識則為他們提供了深厚的精神資源。這也是一種鑑誡作用。《易傳》說：「君子多識前言往行，以蓄其德。」這是中國人文傳統中的一條牢不可破的信念。這裡所謂「前言往行」，依漢以後的分類說，當然是指「經學」而言。但是我們在上面已指出，「經」仍然是「史」；不過由於「經」是上古三代之史，因此受到特殊的尊重，涵有不變的典範的意義。我們今天已不必也不可能在經史之間畫一道不可逾越的鴻溝。這與其說是把經貶到史的地位，倒毋寧說是把史提升到經的地位。傳統的觀念是經難而史易，故曾國藩有「剛日讀經，柔日讀史」的主張。尊經而卑史的傾向因宋明理學家的偏頗而加強。理學家重視歷史的人極少，南宋的朱熹、明代的唐順之、焦竑等人可以說是例外。而且即使在這些少數識解通明的理學家那裡，史的地位仍然是遠低於經的。最有代表性的見解是程明道譏謝良佐讀史為「玩物喪志」。但是這種偏見越到後來便越無法維持下去。王陽明也不得不在理論上肯定「五經皆史」，因為他已開始承認「不能離事而言理」的原則了。經史的界線在清代考證學的發展過程中逐漸變得模糊了。考證學家善考證史而不甚能署史（章太炎說），清代並沒有產生像《資治通鑑》那樣的偉大著作。從這一點說，我們不能不說清人史學不逮宋賢（陳寅恪說）。但是換一角度看，考證學家楬櫫「以孔、孟還之孔、孟，以程、朱還之程、朱」的宗旨，確實加深了、也推廣了中國人的歷史意識。

明清以來士大夫大致都主張經史並重：經學中所呈現的不變典範，如果不和史學上所昭示的實際進程相參照，則將流為「空言」，而不足以「經世」。黃尊素要其子宗羲讀史，而且更要讀明以來的「近代史」，是當時學術界的共同意見。顧炎武的一生工作也恰好提供了一個光輝的實例。清代學術最後歸宿經世之學（今文經學也是經世的引申），早在明清之際已有伏線。士大夫「多識前言往行，以蓄其德」才能成其「有體有用之學」。用現代的話說，歷史知識對於社會、人生有一種照明和引導作用；這是鑑誡觀念在意義上的擴大。

西方文藝復興以後，由於人文思想的興起，不少人對歷史知識也得到相似的看法，所以馬基維利說：歷史可以增長我們的聰明。至少一般到十九世紀末葉，西方人視鑑誡為歷史的主要功能者仍然相當普遍。

歷史又是一種生動而富於趣味的知識。中國通俗文化中的講史，甚至許多士大夫對於「異聞」的重視（主要見於筆記），主要可以說是從趣味的觀點出發的。這一點在西方也是一樣。西方文人對於歷史的興趣是在其中有趣的故事，他們根本不諱言歷史只是許多掌故（anecdotes）而已。不過中西也不盡同，中國人的道德意識特別強烈，在講掌故的時候也自覺地或不自覺地注入不少道德觀念。忠孝節義的思想深入民間即大受戲曲小說的流行之賜。十七世紀時有人竟把戲曲小說和六經相提並論，正是因為他看出了通俗講史中的鑑誡的作用。所以，在中國傳統中，歷史的鑑誡和趣味兩重作用又是混而難分的。

二十世紀以來，中國人的歷史觀念一直受西方的支配。西方近來的史學主流則是向自然科學看齊，史學家所追求的是歷史發展的普遍規律或基本形態。其中又涵有一項近乎「天經地義」的假設。即歷史的進程一般是受某些巨大而非個人的力量所推動的，主要是所謂經濟、社會等物質的力量。最近的結構論者又從文化心理、社會、權力等客觀結構著眼，仍然把人的主觀因素排除在歷史之外，個人縱使能在短暫的時間內造成一些小波瀾，那也是無關緊要的。歷史依然依循著自己的客觀軌道在運行，正如日、月、星辰的運行絕不會受到人能登上太空的影響一樣。我們通常把這種歷史觀叫作「決定論」。在這種決定論的影響之下，西方已有史學家不但主張而且實際上已寫出「沒有個人的歷史」了。其最極端者可以寫出一部歷史而不見一個人名。中國史學界當然還沒有走到這個極端，但這個方向已經存在了。

我們同時又受到西方「為知識而知識」的態度的影響，因而以鑑誡或趣味是和史學本身不相干的，甚至認為一談到史學的用途便貶損了史學的科學尊嚴。

注重歷史上非個人的力量，以及治史必須持「為知識而知識」的態度，這兩個原則本身都並無可以非議之處。而且確實代表著史學的一種新的進步。問題發生在我們是不是必須把這兩點都推展到邏輯的極端。這裡涉及了學院史學是否應和社會上一般人對於歷史知識的要求有所配合的問題；極端決定論使歷史的鑑誡作用成為不可能：完全沒有個人的歷史著作也絕不會引起一般讀者的興趣。史學的舊傳統和這一新史學趨向之間顯然有斷層的危險。

不過西方新史學也並不限於上述決定論之一途，代表著西方人文傳統的史學最近也有再抬頭的跡象。維柯認為歷史完全是人創造的，因此也能為人所全部瞭解。這一看法在詮釋學的發展之下，似乎又得到一部分人的肯定。這裡把人——包括個人——重新推到歷史舞台之上。維柯的《新史學》不但有新的英譯本，而且引起了不少人的研究興趣。我個人也不是維柯、狄爾泰、柯靈烏一派的忠實信徒。我承認這一派代表了一個有力的論點，但是如果推向極端，也同樣會重生不可取的流弊。不過我確信這一人文觀點（姑如此稱之）對於決定論的觀點不失一個補偏救弊的及時良藥，而且比較容易和中國的史學傳統接榫。

歷史知識是一種綜合性的知識，因此在人文和社會科學的領域內，是占據著中心地位的。西方人文教育或通識教育最近都比較更重視歷史，包括本國史和外國史。歷史知識普及化的要求在西方正在增高，中國史學的提高和普及則似乎還沒有達到一種均衡的境地。學院中有種種不同的新觀點，但社會上卻仍然流行著不少過時甚至錯誤的歷史觀念。這兩者之間如何溝通，正是中國史學界的嚴肅課題。但更要緊的是我們不能盲從任何一派西方的新說，完全置中國的史學傳統於不顧。我希望《歷史月刊》的出版能在這一方面發生帶路的作用。

（原載《歷史月刊》創刊號，一九八八年二月）

欣聞《九十年代》發行台灣版

——為《九十年代》台灣版寫幾句話

《九十年代》發行台灣版是一件最令人興奮的大事。《九十年代》的前身是《七十年代》，二十年間，這一具有獨立精神的刊物終於從一個搖搖學步的兒童成長為步履沉穩的大人了。我個人接觸到《九十年代》已是八十年代的事，那時它剛剛經歷了一場最嚴重的道德考驗，但仍在艱苦奮鬥之中。海外的知識分子都異口同聲地說：《九十年代》是知識分子最喜愛的讀物。我完全同意這一論斷。知識分子喜愛它並不是因為它有消閒性，而是因為它的嚴肅性和可讀性。它道出了絕大多數有良知的知識分子的心聲。我很高興今天台灣的讀者也可以和我們海外的人同時分享《九十年代》所提供的豐富的精神食糧。

（原載《九十年代》總第二百四十五期，一九九〇年六月）

《當代中國研究》出版祝詞

《當代中國研究中心論文》是在一九九〇年十一月創刊的。一九九二年秋，當代中國研究中心又出版了英文的《當代中國》。這兩種刊物出版以來，頗獲中西方學術界、知識界的重視，都肯定它們不落恒蹊、風格清新。現在當代中國研究中心決定將中文論文擴版為《當代中國研究》，這對於廣大的海內外中文讀者而言，應該是一個最受歡迎的消息。

當代中國研究中心的中英文刊物之所以在西方能別樹一格，主要的原因是它們的作者群幾乎全部來自中國大陸，但同時又在西方受到了人文和社會科學的較長期的訓練。他們是在中國大陸成長的，因此有來自生活經驗中的內在知識；他們已熟悉西方學術界的操作方式，因此又能超越主觀的限制，對中國大陸的最近演變做客觀的了解和深入的分析。這種主客交融、能所兩忘的境界正是一切人文社會科學研究者所追求的。而他們竟能自然的結合了起來，這是十分難能可貴的。

一九八九年以後，許多過去親自參加過中國大陸開放改革的知識分子也大批地來到了西方。他們和八十年代起先後進入西方學術主流的中國留學生匯合在一起，更形成了一個龐大的研究隊伍。他們將對於當代中國的研究作出特殊重要的貢獻是可以預期的。我個人尤其高興看到他們今後能通過《當代中國研究》，將研究成果直接傳布給海內外的中國讀者。

本刊的作者並不是「隔岸觀火」式的所謂「中國觀察家」（China Watchers），他們都有為中國大陸的繼續開放和改革貢獻一份力量的悲願。歷史已一再證明，十九世紀末以來，中國知識分子由於種種不得已的原因暫時寄居海外，往往能發揮意想不到的學術和思想上的效用，促進中國的現代化。今天已不是傳統的時代，世界已縮小為一個「地球村」了，海外的中國知識分子也不會再興「遠托異國，昔人所悲」的慨嘆。相反的，他們大可以把「異國」當作為中國儲才之地，潛心研究，一起在更長遠的意義上報效中國。

今值《當代中國研究》問世，謹以上面一點意思作為我對它的祝詞。

一九九四年一月二十日　普林斯頓

（原載《當代中國研究》一九九四年第一期，總第四十期）

更新文化而不失故我
——為《文化中國》創刊而作

文化具有兩重性格，一方面是在歷史的長流中變動不居，另一方面又持續著它原有的精神取向，久而彌堅。這兩種性格，似相反而實相成，證之世界幾個古老的文化如中國，如印度，如西方，如伊斯蘭，益見其然。十九世紀以來，由於社會經濟決定論的思潮衝擊世界各地，不少人都誤以為文化是社會結構或經濟形態的附生物，因此各民族的文化都將隨社會、經濟的變遷而漸失其本來面目。近二三十年的世變已充分證明文化——包括宗教——確有自性，遠非經濟或社會力量所能掃盪以盡。今天的世界衝突，分析到最後，仍多與文化有關。

中國文化已經歷了五千年的發展，更不是所謂「現代化」、「工業化」、「科學化」之類的新興勢力所能完全取代的。而且近來的文化研究顯示，文化與語言有不可分割的關係。如果佔世界五分之一人口的中國人在事實上不能拋棄中國語言，我們便不能想像中國文化會在地球上消失無蹤。但近四十多年來，中國文化已被中國的一些不肖子孫摧殘得支離破碎而元氣大傷。中國人如想在這個世界上生活得有尊嚴和意義，那麼重建文化的中國今天便成了炎黃子孫最迫切的課題。

文化有傳統，也有變化，因此保守與創新缺一不可。我們很難用幾句話來概括中國文化的特性，也無法預測未來的中國文化將會發生怎樣的變化。但是我們可以斷言，中國人推陳出新的智慧將使中國文化更新而不失其故我，溫故而不礙其新。杜牧在其《注孫子序》說：「丸之走盤，橫斜圓直，不可盡知。其必可知者，是知丸之不能出於盤也。」

《文化中國》雜誌創刊，值得欣慰。謹獻此文以當祝辭。

（原載《文化中國》第一卷第一期，一九九四年六月號）

堅持一天是一天

《開放》十周年恰逢「一九九七」，這是最能引人深思的關鍵時刻。

我很慚愧，在這十年艱苦奮鬥的日子裏，我個人對於《開放》毫無貢獻，雖然從言論自由的立場上，我一直都是衷心支持它、祝福它的。在我的記憶中，《開放》是香港極少數始終堅持自由原則的報刊之一。它曾經受過最嚴肅的考驗：一度轉讓給另一企業集團經營，但在發現了原則上的分野之後，毅然收回，自力更生。僅此一事，金鐘先生的現代報人風骨便已全面呈露。

一九九七年七月一日以後，《開放》仍決定繼續堅持下去，這更是值得喝采的舉動。香港愛好自由的讀者很多，我相信他們必然會以行動支持《開放》的存在。

《開放》並不是為求自己的存在而堅持辦下去的；它的存在是自由的象徵，也是自由的一種原動力。但世界上一切自由都是自由人自己爭取得來的，決不是上天或權威賞賜的。以中國近代報刊史而言，這種自由的獲致不但要付出很大的代價，而且也沒有必然的保證。一九九七年七月一日政治生態改變以後，《開放》究竟還能存在與否和存在多久，沒有人能夠預言。《開放》只能本著「知其不可而為之」的精神，以求盡其在我，雖不能樂觀，卻也不必悲觀。「事在人為」，這個古老的格言所包涵的智慧也是不容低估的。說不定，三五年之內，外在的條件反而變得更有利了。「強梁」決不能橫行到底，不過是時間問題罷了。

一九六〇年台灣的《自由中國》遭到了封禁的命運。這是轟動國際的大事，然而曾幾何時，今天台灣已擁有近乎絕對的言論自由了。而封閉《自由中國》的「強梁」而今又安在哉！當時胡適曾說《自由中國》刊行了十年，如果從此不能存在，也不失為一個光榮的下場，因為它已盡到了為中國人爭取言論自由的責任。

堅持一天是一天，這是我對於《開放》的期待。

（原載《開放》第一百二十期，一九九六年十二月）

「天地閉，賢人隱」的十年

《二十一世紀》創刊一轉眼竟已十年，這一高水準的學術性、思想性刊物能維持到十年之久，而且歷久彌新，我們不能不深深感謝主持編務的許多朋友所付出的無限心力。我雖然掛著本刊編委的虛銜，事實上毫無貢獻，只能算是一個忠實的讀者。所以我可以毫不避嫌地讚揚本刊的成就。在此十周年刊慶之際，我本來應該多說些善頌善禱的話。但轉念一想，也許還是回顧一下十年以來的史迹，更能凸顯出本刊存在的意義。限於時間，我的話不但十分簡短，而且即興而發，想到那裏便寫到那裏，這是必須請編者和讀者原諒的。

十年前本刊創始，其歷史背景人人皆知，那是在一場驚心動魄的大悲劇剛剛落幕之際。八〇年代中，大陸上知識人恰好碰到了一個極其短暫的自由假期，「五四」的精神忽然獲得了一點點復活的空隙。儘管當時許多知識人由於長期與外面的世界隔絕，對於中西文化和思想問題的認識都極為有限，然而他們的頭腦則是十分活躍的，氣象更是非常開闊的。像「五四」一代的知識人一樣，他們仍然在潛意識中繼承了傳統士人「以天下為己任」的自我形象，儘管在他們之中頗有不少人對中國文化多抱著「反傳統」的態度。所以一直到一九八九年為止，至少就文化知識界而言，大陸上似乎有一種「天地變化，草木蕃」的表象。知識人便在這一假象之下，越來越增加了「指點江山，激揚文字」的自信，他們竟把意外獲得的短暫假期誤認作可以長期享有的生活常態，於是大悲劇終於不可避免地發生了。《二十一世紀》的出世可以說是「天地變化，草木蕃」這一表象所激起的一點餘波。更諷刺的是當時在「神」已喪盡的「神州」邊緣還存在著一個末日即將到來的殖民地和租界，竟能提供一隙自由空間；這是《二十一世紀》終能呱呱墜地的客觀條件。

那麼本刊創建十年來又是怎樣一種景象呢？再一次借用《易經》的語言，這已是「天地閉，賢人隱」的世界。誠然，如果你是一個純「經濟人」而恰好又擁有種種「關係」，你一定會覺得今天的「神州」是從古未有的「盛世」。這裏出現了一個古今中外從未見過的「社會主義市場制度」，只要你有幸居於「無產階級先鋒隊」前列，你便可以在這個「市場」上大展身手，呼風喚雨。這樣一來，你搖身一變，可以在一夕之間成為「神州大資產階級先鋒隊」的成員，在國際上取得大企業家、銀行家的低頭膜拜，為「神州」洗盡一百多年的「國恥」。尤其令人豔羨不置的，你雖然躋身「神州大資產階級先鋒隊」的行列，卻完全不必像帝國主義大資產階級那樣，隨時要提防著公眾和他們作對。因為你是受國家保護的。至於那些大量下了崗的工人，或在生存線邊緣掙扎的無數農民，你也用不著擔心。因為反正他們會很耐心地等待，等著你「先富起來」。萬一其中有人甘犯「右傾冒險主義」的錯誤，向美洲或歐洲「躁進」，悶死在貨櫃之中，那也是咎由自取。你的「良心」仍是乾乾淨淨的。總之，對於「經濟人」來說，「神州」確已「開放」到極邊盡限了，也「改革」到盡善盡美了。上面所引《易經》上的話，對他們是完全不適用的。

「天地閉，賢人隱」這句話只有對於那些不識時務的「知識人」才有意義。我在「知識人」之上特加「不識時務」四字的限制詞，正是因為「知識人」千門萬類，未可一概而論。對於「識時務的知識人」，我無話可說。所以下面的話都是以「不識時務」一型的「知識人」為對象。但為了行文簡潔，限制詞一概刪落，特此聲明在先。

就最近一兩年的發展趨勢說，「神州」知識人處境之艱苦是不可想像的。他們現在大概在私人談話中有發發牢騷的自由了。這是因為「先鋒隊」面對著越來越複雜的異化世界，已實在沒有足夠人力去嚴格執行「偶語棄市」的政策了。更何況這些執法者還必須分出大量的時間使自己也能分享「市場經濟」的繁榮。異化世界同時也必然是一個花花世界，「軟紅十丈」的誘惑力實在太大了。但是知識人只要不識時務到用文字表達對於國事的評論，他的厄運便立即降臨了。厄運的方式千奇百怪，讀者大致都耳熟能詳，用不著多說。最近少數原居於「先鋒隊」的前列人員，只因為脫了隊，回到了知識人的最初立場，寫了一些「不識時務」的文字，雖僅能在網絡上出現，也引起了領頭人的赫然震怒。不但如此，「城門失火，殃及池魚」，連帶著使好幾位與此案無關的知識人也遭到了解職的處分。出於一種草木皆兵的極端疑懼心理，知識人已被視為最可怕的「神州」的亂源了。「墨儒名法道陰陽，閉口休談作啞羊。」陳寅恪一九五三年的詩句不圖復見於新千禧年伊始之際。

這不是「天地閉，賢人隱」，是什麼呢？

但對於今天的知識人而言，這真是千古奇冤。十年的歷史變化早已「換了人間」，知識人哪裏有八〇年代末的社會號召力？我已指出，一九四九年以來「神州」知識人的邊緣化一直在加速度的下墮過程中，但今天才真正抵達了平地。「先鋒隊」現在十分懂得科技對於掌權的重要性，所以科技人員可以恃「工具理性」取得特殊的地位。知識人則以「批判理性」為其最主要的特徵，無論他的專業是自然科學或人文社會科學，僅僅代表「工具理性」的科技人員與知識人是薰蕕不同器的，這已是一般的常識，毋須再述。十年來的威脅利誘，早已腐蝕了不少知識人的「批判理性」，使他們在「識時務」之餘，或以「三代」，或持「三後」，為「先鋒隊」搖旗吶喊。剩下來的知識人在重重打擊之下則七零八落，既沒有發言的空間，更失去了熱心的聽眾。「先鋒隊」對他們戒備森嚴實在難以索解。台灣的知識人在今年大選的最後關頭，因有人振臂一呼，而立即發揮旋乾轉坤的絕大威力，這在今日之「神州」已不可想像，只有十一年前或彷彿近之。

更重要的是求變的基本動力已從知識人下移至社會基層，常有一種盲動的意味。清初，呂留良、曾靜所謂「世路上英雄」或「光棍」的歷史表演難保不會重現。在這種可能出現的新形勢裏，知識人不但靠邊站，恐怕也不甚相干了。

《二十一世紀》是在「天地變化，草木蕃」的流風餘韻中出現於世的。但在「天地閉，賢人隱」的局面中，它究將何去何從，這恐怕是一個找不到答案的問題。當初香港為本刊所提供的自由空間是否還能繼續下去，又能繼續多久，現在看來，更不能不是一個使人惕然以驚的問題。最近一段時期，香港竟以「學術自由」的問題播聲國際，《紐約時報》也以顯著的篇幅和位置詳加報導。殖民地時代所未曾出現過的問題今天竟已成為從大學校園到社會都紛紛議論的問題，這未免使人興「一葉知秋」之感，難道香港的知識人也將逐漸向「天地閉」的境界走近了嗎？這是我所不敢相信，也不願相信的。

在慶祝本刊十周年的文字中，我竟說了許多非常低調的話，這也是證明了我的「不識時務」。但是我只是一個短期的悲觀主義者。從長遠處看，我始終不相信任何橫暴勢力可以長久壓制住「批判理性」——因為這是人類文化不斷上升的主要根據與動力。中國史上已經歷過多次「天地閉，賢人隱」的遭遇，但都阻止不住下一個「天地變化，草木蕃」時期的必然降臨。今天也不可能是例外。現代的知識人雖已遠不能與傳統的「士」相提並論，然而在促使「天地變化」的大事因緣上仍有其無可旁貸的責任。以今天的處境而言，知識人正好在此寂天寞地中動心忍性，各就所能，深耕密植，以響應《二十一世紀》「為了中國的文化建設」的號召。《二十一世紀》和中國知識人的命運是緊密連繫在一起的。在經過「天地閉」的一段嚴寒之後，「天地變化」的春暖花開還會很遠嗎？

（原載《二十一世紀》第六十一期，二〇〇〇年十月）

晚節與風格

《明報月刊》三十五周年紀念對我來說是一個引起溫暖記憶的日子。一九六六年我在美國，未能在香港恭逢創刊盛舉。但是我還記得我在一九六二、六三年間給香港友人所寫的幾封信，曾在《明報月刊》上刊載過。題目也是朋友代為擬定的，大概是「論海外中華」。因為我從未將這些信收進文集裡，手頭也早已無存稿，所以記憶不免模糊了。「海外中華」是我當時一種空想，大致認為中國文化在本土一時沒有機會發展，只能在海外由中國知識人承擔起這個任務。這篇文字在美國也曾引起反響，我記得有人把它節譯成英文，在紐約出版的一家留美同學辦的刊物中發表了。但我現在連這個刊物名稱都忘記了。以後有機會，我也許會找出《明報月刊》的原文來重讀一遍。

在六十年代，我和許多留美學人一樣，是金庸先生的武俠小說迷。所以一九七一年我第一次回到香港時，便請人介紹和查良鏞先生交談過一次。這是我認識《明報月刊》創建人的開始。但是我當時在美國工作，很少有機會寫中文，所以我正式成為《明報月刊》的投稿人要等到一九七三年回新亞服務以後。從一九七三年起，我許多關於文化思想以及《紅樓夢》的文章都是先在《明報月刊》上刊出的。一九七五年回美國之後，這一讀者而兼作者的關係不但沒有斷，反而更加強了。我的老朋友如胡菊人先生、董橋先生，都是維繫我與《明報月刊》之間的關係的原動力。這一點使我至今感念不忘。

我一生投過稿的報刊不計其數，但我始終覺得《明報月刊》最令我有親切之感。自由、獨立、中國情味大概是我對《明報月刊》最欣賞的幾點特色。《明報月刊》真正做到了雅俗共賞的境地。這裡沒有任何預設的意識形態；我所謂的「中國情味」也不含狹隘的民族意識。這裡也沒有權力的威脅或誘惑；作者可以稱心而讀，讀者也可以隨意閱讀——沒有人會想到與權勢或財富發生任何關聯。

現在我自己已進入老年，用圍棋術語說，我是處在收官子的階段，只想關起門來，在專業領域內做一點與世無爭的研究工作；因此我大概不大可能再在《明報月刊》上發表長篇大論了；但是我對《明報月刊》的感情是不會改變的。

文化社會事業與個人不同，無所謂生、老、病、死，所以《明報月刊》可以日新月異，而且也一直與世俱新。但是我希望它的基本風格不會改變，此之謂萬變不離其宗。中國人從來最怕「晚節不保」，這是從個人立場上說的。所謂「晚節」，今天當然已超越了傳統政治概念。這是指一個人平生所一貫信奉的基本價值，由於臨老不能守孔子「在得」之戒，竟假借種種冠冕堂皇的說辭，棄之不顧。《明報月刊》自然不存在「晚節」問題，然而我對它的一貫「風格」卻愈來愈珍惜。二十一世紀真正開始了，我願意與《明報月刊》作一個莊嚴的約定：我努力保自己的「晚節」，《明報月刊》努力保自己的「風格」，如何？

（原載《明報月刊》三十六卷一期，二〇〇一年一月）

容忍與自由
——《觀察》發刊祝詞

一九四七—一九四八年間，我曾是儲安平主編的《觀察》周刊的一個年輕讀者，當時在思想上、知識上所受到的種種新鮮刺激至今記憶猶在。當年的《觀察》以「獨立」、「超覺派」自律，而且也確實做到了這兩點。《觀察》的作者從左到右都包羅在內，他們之間也往往互相爭論，針鋒相對，一步不讓，使我這樣一個初入大學的青年大開眼界。我自然是沒有能力判斷其間的是非正誤，但各種不同甚至相反的觀點在一個刊物中紛然並陳，對我後來的思想形成發生了難以估量的深遠影響。我從那時起便不敢自以為是，更不敢自以為代表正義、代表唯一的真理，把一切與我相異或相反的論點都看成「錯誤」或「邪惡」了。

《觀察》所代表的是所謂中國自由主義知識人的聲音。「自由」和「容忍」是一對分不開的連體雙胞胎。這兩個觀念雖然都起源于西方宗教革命以後的信仰多元化，但在中國傳統中也不是完全沒有根源。一九四六年胡適在北京大學的開學典禮上有一個發言，他引用了南宋呂祖謙的一句話：「善未易明，理未易察」。他進一步指出，這便是中國本土的自由主義的一種表述方式。我覺得胡適這個觀察是很敏銳的。近來我深入地研究了宋代思想與政治的變遷史，更證實了他的論斷。北宋王安石為了變法，不願意「異論相攪」，總是希望把思想統一起來。所以他寫了一篇著名的〈致一論〉。王安石的動機是好的，他獻身改革的理想與熱情也是值得我們欽佩的。但是他畢竟沒有跳出傳統的思想格局，依然相信「天下義理只容有一個是，無兩個是」（張載語）。這是當時多數儒家（包括理學家）所共同接受的基本信念。王安石忍耐不住，最後甚至運用政治力量來壓制「異論」，引起了以後一連串的不容忍的行動，這是很令人惋惜的。這種不容忍的風氣傳到南宋還未息止，所以才出現了上引的呂祖謙的名言。但是我們從另一角度看，這句話的出現也標志著「容忍」作為一個值已經在儒家傳統中開始萌芽了。最近原籍印度的阿瑪提亞・森（Amartya Sen，一九九八年經濟學諾貝爾獎得主）也告訴我們：十六世紀印度一位皈依了伊斯蘭教的皇帝，曾多次下令保障信仰自由；詔令中一再強調：如果印度教子弟被迫信仰伊斯蘭，他們隨時可以回歸祖先的宗教。森以此例破所謂「亞洲價值論」，證實伊斯蘭教也曾實踐過「容忍」，不像我們今天所看到的基本教義派那樣走向極端。我認為森所舉之例與胡適所引呂祖謙之語具有同樣的重要性，足以說明「容忍」與「自由」絕非西方所獨擅，這兩者都是「普世的價值」。

「善未易明」不是否認有善惡之分；「理未易察」也不是否認世界上存在著「真理」。我們每一個人都必須本著自己所確知、所確信的「善」與「理」去說話。但是我們又必須隨時隨地警惕自己，我們的所知、所信未必是絕對的「善」，絕對的「理」。我們要永不停止地爭取說話的「自由」，但同時又必須「容忍」別人發言的「自由」。我們的容忍也有一個極限，用暴力摧毀「自由」的團體或個人則是我們絕對不能「容忍」的。

我很高興看到《觀察》（網站）在二十一世紀復活，特重申「容忍」與「自由」之義，以表達我的慶賀至忱。卑之無甚高論，讀者諒之。

二〇〇二年四月二十九日

（原載《大紀元》，二〇〇二年五月二日）

報運與國步

——為《聯合報》創刊四十周年作

《聯合報》始於三報發行聯合版，事在民國四十年辛卯。三報者，《民族報》、《經濟時報》、《全民日報》也。先是己丑、庚寅之際，大盜移國，台灣海峽，波譎雲詭。東陽王惕吾先生既釋戎衣，返初服，而匡復之志益堅，遂於三十九年接辦《民族報》。昔執干戈，今闢言路，其事若異，其心則同。然是時民生多艱，經營匪易，故初有合刊之舉，此《聯合報》之所由起也。

余覽《聯合報》史，最要者蓋嘗歷三期：曰西寧南路，此草創期也；曰康定路，此發展期也；曰忠孝東路，此功成期也。請假易道以明之：不易乎世，不成乎名，不見是而無悶，樂則行之，憂則違之，確乎其不可拔，此草創期之潛龍勿用也。庸言之信，庸行之謹，日乾夕惕，德博而化，可與言幾，可與存義，此發展期之見龍在田也。同聲相應，同氣相求，水流濕，火就燥，雲從龍，風從虎，此功成期之飛龍在天也。報史如此，推之國史亦復歷歷不爽。當播遷之初，國步多蹇，朝野上下時切其在莒之念，此龍潛期也。然歷時不過一紀，我國家經濟即沛若有餘，蓋已或躍在淵矣。近二十年，世之論台灣經濟者，或呼之曰龍，或狀之曰起飛，斯非飛龍在天已驗之象乎？

察乎《聯合報》奮起之跡，可以知傳統與現代必相待以成之理。何謂也？蓋以言夫其組織形態與經營方式，《聯合報》誠為一現代企業矣；然以言夫其精神與蘄向，則固猶是吾國士人傳統之遺也。現代企業之所以可大可久者，首在其能立客觀之制度。制度立然後分層負責之效著；分層負責之效著，然後人人得盡其智力。《聯合報》之功，成於眾智。然眾智必有能御之者，唯御之者不僅在人而亦在制度，斯其所以為現代企業也。

考近世吾國民報之興，其時常值國危，其機常啟於一二賢士大夫救世之悲願。此源於士之傳統精神者也。《聯合報》之創刊又值國危，當時諸君子救世之願未嘗不與昔賢同，且即謂聞其風而起，亦未為不可也。唯《聯合報》寓傳統精神於現代企業之中，故能立其可大可久之基，斯則與昔賢異耳。

國家者，個人與社團之集合體也。故四十年來中華民國終能轉危為安，且開自古未有之新局，實出於群策群力，非倖致也。其間《聯合報》之貢獻則有當特加稱述者。以余所見，其犖犖大者，蓋有三端，一曰現代價值與觀念之推動也。《聯合報》自問世以來，於現代種種新價值與新觀念，自人文以至科技，無不就其力之所及，倡導而推動之，影響於社會者既深且廣。此古人所謂移風易俗之效，今日則非藉大眾傳播不能為功者也。二曰為政府之諍友也。四十年來國家每有大事，《聯合報》必本其所知所信，直言無隱。故於民主憲政、言論自由、人權保障、財經措施、外交因應諸大端，無不慷慨陳詞，初不問其與政府之見為從為違也，然其必嘗有裨於國家之決策，斷可知矣。三曰反饋社會也。《聯合報》創業既有成，即罄其餘力發展學術、文化及其他公益之事。此化傳統睦婣任卹之私恩為現代獎善濟世之公德者也。己巳天安門之變，學術人才多流失海外，無所依止，賴惕吾先生之力得以不廢其業者先後無慮數十人。此其功在為國儲才，而其效可以逆覩也。

蘇軾嘗言之，從眾者非從眾多之口，而從其所不言而同然者，是真從眾也。夫輿論未有不從眾者，然所從者其為眾多之口歟？抑或不言而同然者歟？斯則當時所不易知而必待事久而後定也。此在今日為尤然。故現代輿論必不可期其一致，而唯在各持所信以待眾之自擇。數十年來《聯合報》持論皆能本其一貫之宗旨，發之以勇，守之以專，達之以強，雖或眾口交難，有所不顧。此無他，蓋亦欲從其所不言而同然者耳。或以此而目之為保守者，則不足置辯也。夫保守與創新必相倚而立，此義稍有識者無不知之。故保守而不創新，謂之抱殘守闕，其病足以困天下。創新而不保守，謂之鹵莽滅裂，其禍足以亂天下。大雅文王之詩云：周雖舊邦，其命維新。此創新不忘保守之說也。司馬光曰：治天下譬如居室，弊則修之，非大壞不更造。此則保守不忘創新之論也。四十年來中華民國日新月異，先後所創闢者無算，此皆國人群體智力之結晶，又烏得不保而守之乎！

《聯合報》今已擴為報系矣。報之數，由一而增為七，刊行之地則布於亞、美、歐三洲。此報史之鑿空也。雖然，猶有憾焉。流傳遍天下而獨不能及於赤縣神州，是報之全功尚未竟也。此固非一人一報之事，亦非一朝一夕之事，然終不可不中心藏之，無日忘之。故微發其意於此，以待有志者之參究。

（原載《聯合報》，一九九一年九月十六日）

惕老，中國報業史上的巨人

他，敦厚溫暖　六四之後，無條件支助大陸流亡學生

他，格局廣大　開創中國人以現代化精神辦報的先聲

我對王惕老過世感到非常難過、惋惜。與惕老相識廿多年，最令我印象深刻的，是他在六四天安門慘案後，對中國大陸流亡學者毫無私心、不作任何要求的協助。使我對他的胸襟、度量；對中國與中國知識分子的關愛，有一份深切體認。

六四慘案後，我們成立中國學社，協助流亡來美的大陸學生、學者。王惕老並

不認識這些大陸知識分子，卻能在不出名、沒有任何要求下，發揮無私的人道精神，連續幾年給予支助。這段期間，我深深感念惕老身為中國報人的廣闊胸懷。

協助素昧平生的大陸學者是一個很好的例子。從中反映王惕老發自中國文人內心對國家民族的愛、對台灣、大陸的關懷。廿多年來，王惕老的敦厚溫暖、廣大的格局與心胸，令人感念至深。

從歷史角度看，王創辦人在中國報業史上，將留有不朽的地位。他創辦的幾家報紙，不僅在台灣擁有重大影響力，遠在海外的美國、東南亞、歐洲，他也不計艱苦，興辦中文報紙，在華人社區影響力與日俱增。就這一點，王惕老在中國報業史上是一位巨人，享有崇高地位，這是歷史可見證的。

王惕老留給中國報業另一項遺產，是他以現代化精神與方法辦報；開創了中國文人以現代化方式經營報業的先聲，也因此造就出他的報業王國；同時他很早就推動報紙的制度化，使報業王國能成其大、成其久。這都將在中國報業史上留有重要地位。

（原載《聯合晚報》，一九九六年三月十一日）

「誰與斯人慷慨同！」

認識惕老屈指恰已是四分之一世紀了。記得一九七一年我第一次訪問台灣，便曾蒙惕老賜宴，那時我還沒有和《聯合報》發生文字的因緣。惕老給我最早的印象是溫和、厚重，但比較沈默，因為他在席上說話不多。他雖不是談笑風生型的主人，然而卻能引導出一種無拘無束的自由氣氛，使賓客暢所欲言，盡歡終席。以後我也不知多少次接受惕老的款待，他的基本風格都是一貫的，不過相熟久了，他的話也漸漸多了一些。於是我在溫和與厚重之外還發現了他深厚的人情味和幽默感。他常在紐約作短期的駐留，我和淑平曾兩度邀他到普林斯頓小聚，由淑平以家常便飯招待午餐。隔了一年以上再度相見，他還清楚地記得吃的是哪些菜肴，而且讚不絕口。從這件小事上最能看到他的懇切、醇厚、真誠、而又細心。這是他真實人格的一種自然流露。惕老去世以後，他的聲言笑貌常常從我的心中浮現出來，並且和兩句古話緊密地聯繫在一起，第一句是《論語》上的話：「晏平仲善與人交，久而敬之。」第二句是《三國志》對於周瑜的描述：「與公瑾交，如飲醇醪，不覺自醉。」這是我的實在感受。

今天懷念惕老，我不想用任何浮詞來稱頌他，因為那將是對他的大不敬。讓我略述八九年天安門屠殺以後他對於逃亡到國外的大陸學生和學人無私的援助。我知道他幫助的人很多，範圍很廣，許多都是我不甚清楚的。我只能講我親見親聞的幾件事。

八九年六月中旬我在台北演講，忽然收到普林斯頓大學當局的長途電話，說一位熱腸的美國校友（艾理略先生 John Elliot）忽然捐出了一百萬美元專款，救助「六四」逃亡至美的青年學生和民主人士。學校方面希望我早點回去幫忙籌劃。這便是「普林斯頓中國學社」的起源。但是普林斯頓所能收容的流亡人士畢竟有限，而繼續逃亡至美者又一天一天地增加，其中有不少大陸學術文化界的精英都無所依止。惕老聽到了這種嚴重的情況之後，主動地要解囊相助。於是許倬雲、丘宏達兩兄和我，還有別的朋友，組織了一個臨時的委員會，由紐約《世界日報》的同仁張作錦先生等負責實際的運作，開始接受大陸流亡學人的申請。我記得惕老第一年便捐出了二十名研究獎金。得獎人都在美國各大學取得了訪問學人的身分，可以利用各校的圖書設備繼續他們的研究工作。第二年惕老又捐出了二十個研究名額，救助了另一批大陸學人。第三年還續捐了十個研究名額。所以惕老以一人之力所幫助的流亡學人，便等於普林斯頓大學的「中國學社」在三年間所做的全部努力。

但惕老的慷慨仗義尚遠不止此。「中國學社」到了第三年，普大的經費已不足支持。萬不得已，我只好再度厚顏向惕老求救。他一諾無辭，以個人名義捐出了鉅款，使學校得以度過難關。至於其他各種散項，這裡便不一一復舉了。但是還有一件事，雖未實現，卻更可見惕老的眼光遠大和胸襟廣闊，我覺得應該寫出來，讓大家知道。

大概是一九九〇年，倬雲兄和我曾偶然在惕老面前提起，西方人對於中國文化的認識仍有深化的必要，在海外的華裔學人似乎應該創辦一份英文的學術刊物，以較為普及的方式傳播我們的觀點。我們並不是不尊重西方的漢學界，更不是故意要以特殊的「中國觀點」與西方漢學家唱反調。不過我們總不免有一個感覺，無論是研究中國的過去或現在，在最關鍵的地方，即使是西方第一流的學人也不免偶然使人起隔靴搔癢的感覺。這在我們不過是閒談，但惕老聽見了卻十分認真，立刻要我們正式提出計畫，他願意全力支持我們創辦這樣一份英文刊物。為此我們還特別在紐約召開了一次較有規模的座談會，邀約了不少海外人文社會學術界的朋友一同交換意見。據我的記憶所及，我們當時決定了兩項相關的計畫：一是召開一系列的學術會議、出版專題論文集；一是創辦一份上述的英文刊物。關於第一項，我們後來開過兩次會議，主題是中國歷史上的知識分子。會議初稿的中文版已先由聯經出版公司印行。讀者可以看到，我們邀請的撰稿人不但包括了美國的漢學家，而且還有以色列的社會學家。我們並不取偏狹的「中國人的觀點」。惕老也十分支持我們的純學術立場。至於第二項，座談會決定由我去作初步的調查和估計。我為此曾特別請教了普林斯頓大學出版社人文部的一位資深編輯，也查考了若干美國著名人文學報的運作情況。我發現在美國辦一份高水平的學刊，所需要的人力物力實在驚人，費用的浩繁尤超出我們的預想。我向惕老說明了調查的結果，他毫不遲疑地要我們依決議而行。他說：「應該做的事，我們便去做，不必顧慮其他。」他決心要以個人的力量作我們的後盾。但是後來我和倬雲仔細商量之後，覺得從我們的立場看，決不應該使惕老陷入這樣一個無底深淵。英文刊物之議終於胎死腹中。

我追述這一段往事，旨在表出惕老「正其誼不謀其利，明其道不計其功」的真精神。這一精神源於儒家，兩千多年來中國文化的許多正面成就都以此為其最基本的動力之一。惕老深受儒家精神的陶冶，故於他認為是「義所當為」之事，無不勇往直前，從不計及個人的利害得失。而且就我個人的親身經驗來說，他真正做到了助人而絕不著跡的境界。「六四」以後，我遇到力不從心的事，最後總是向惕老求助。他不但「小扣則小鳴，大扣則大鳴」，而且行若無事，盡量減輕我「慷他人之慨」的內疚。像上面所說的他先後提供了五十個研究名額的大手筆，他無論在當時或事後都沒有向人提過，外面也沒有人知道。對於獲得他資助的學人和學生，他在訪美時還設宴款待，禮遇有加，使受助的人不失其自尊心。這更是儒家人文精神的至高呈露。

我最後一次拜訪惕老是去年八月尾，那時他正在陽明山寓中休養。因為不願過於打擾他，這次只聚談了一小時左右。但是就在這短短一小時之內，由於我偶然提到一位大陸作家流寓美國的特殊困境，惕老又慨然伸出了援手。最後一面的情景至今猶歷歷在我心中，而斯人已不可復覩。嗚呼！人琴之慼，寧有極耶！

一九九六年十月二日記於台北旅次

（原載《王惕吾先生紀念集》，一九九七年）

感受和回憶
——紀念聯經出版公司四十周年

在《歷史與思想》新版序中我曾特別說明，這是我在台灣出版的第一部文集，同時也是我和聯經的因緣之始，所以一直珍藏在我的記憶之中。聯經創建於一九七四年五月四日，我的文集原稿則是一九七五年末寄去的，因此我可以引以自傲地說：《歷史與思想》有幸成為聯經最早的出版品之一。

四十年後的今天，聯經的輝煌業績已為天下所共仰，用不著我來列舉，何況是無論如何也列舉不盡的！為了紀念聯經誕生四十周歲，我願意專就我比較熟悉的中國歷史與思想的大範圍，寫一點我個人的感受和回憶。

王惕吾先生（他生前我一直當面尊之曰「惕老」）在創辦聯經時就說過，成立出版社「目的是為文化，不是營利」。他又說：「只要是學術著作的好書，一本賣不掉，也沒有關係。」回顧在惕老晚年我和他的多次交往，這確實表達了他的核心價值和基本精神。我相信這正是他為什麼特意選擇「五四」這一節日作為聯經的誕辰。但是從今天聯經的出版紀錄來看，惕老當年的話卻顯得太謙退了。其實他心裡想的是：「只要有學術價值的好書，即使明知賣不出去，也還是要爭取出版，而且不恤任何代價。」我只要列舉下面六種大部頭的書，便可以闡明我這句話的意思了：

《胡適之先生年譜長編初稿》（胡頌平編著），共十冊（一九八三）

《胡適日記全集》共十冊（二〇〇四）

《顧頡剛讀書筆記》共十五冊（一九九〇）

《顧頡剛日記》共十二冊（二〇〇七）

《錢賓四先生全集》共五十四冊（一九九四—一九九八）

《明清檔案》共三百二十四冊（一九八六—一九九五）

這六部書中我特別要提一下最後兩種。賓四師全集當時預估需要一千八百萬元台幣才能完成。惕老「我全力支持」一句話便將經費問題解決了。但先師全集得以在他身後不久面世，而且印得如此精緻，我必須在此對劉國瑞先生致最誠摯的感謝。從決定出版到安排種種繁難的細節，其中國瑞先生所費的苦心和耐性是無法估量的。如果借用中國文學評論的名詞，我可以說：決定出版全集體現了「大判斷」的卓越，而安排細節則透顯出「小結裹」的精密。這是我曾經親睹的事，絕不是虛詞溢美。

《明清檔案》三百二十四冊的印行更是中國史學界的一件頭等大事。一九八六年中央研究院歷史語言研究所面臨搶救明清檔案的危機而嚴重缺少人力和財源。聯經在此關頭慨然介入，終於協助史語所完成了搶救和印行的偉大工程。不用說，惕老的「全力支持」和國瑞先生的「大判斷」也必然起了決定性的作用。所以吳大猷院長感動之餘特別寫信給惕老致謝。

正是由於聯經對於無利可圖的學術著作抱著這樣嚴肅而又慷慨的態度，我才敢歷年來將多種專題研究之作首先送請聯經考慮，《論天人之際》（二〇一四）則是最近的一部。我早已到了老手頹唐的境地，今後是不是還有精力進行專題式的論著，那是絕對沒有把握的了。

最後，我必須鄭重聲明：我和聯經之間從一開始便遠遠超出了作者和出版家的契約關係。我每次在聯經出版一本書，都覺得是一次友情的交流。讓我稍稍回憶一下往事。

一九七一年夏天我初訪台灣，因友人介紹，第一次拜會了劉國瑞先生。他也是安徽人，當時正主持著學生書局，晤談時贈我一部新影印的方中履《古今釋疑》。這是國立中央圖書館收藏的舊抄本，卻誤題作黃宗羲《授書隨筆》。為了考證這本書，我返美後與國瑞先生信札往復，最後寫出了《方以智晚節考》。鄉誼加上對古籍的愛重便這樣在我們之間奠定了友誼的基礎。因此我深信，國瑞先生幾年後約我在聯經出版《歷史與思想》是和我們的友情分不開的。當時他不僅是聯經發行人，而且還擔任著《聯合報》總編輯的重任，我們之間文字交涉往往是多重的。我還記得一九八三年《胡適之先生年譜長編初稿》刊布，聯經竟決定將寫「序」的任務交給了我。這雖然是一個很大的榮耀，卻使我不勝其惶恐。通過相當長的準備時期，我才寫成了〈中國近代思想史上的胡適〉。我不清楚聯經作此決定的內情，但是我相信國瑞先生對我的偏愛必然在其中發生了重要的作用。

繼國瑞先生主持聯經的是林載爵兄，我和聯經的友誼關係也通過載爵兄而延續了下來。他和我是歷史學的同行，思想上的溝通也一向順暢。事實上，自從他在一九八七年擔任聯經的總編輯以來，我們之間的往復已日趨頻繁。關於我從普林斯頓大學退休（二〇〇一）和八十歲生日（二〇一〇）的兩部論文集，篇幅既大，又不可能暢銷。載爵兄竟一本聯經傳統，毅然出版，使我十分不安。我只有將這種深厚情誼永藏胸中。但我和載爵兄之間，作為作者與編者，卻有兩度最愉快的合作。載爵兄在出版《胡適日記全集》和《顧頡剛日記》之前都先後邀我寫「序」——延續我為胡適《年譜》寫序的傳統。他並沒有要我寫長序，然而我為了不負他的信託，兩序都是下筆不能自休。這是限時交卷的工作，不容我有所延誤，因此我夜以繼日，寫得非常緊張，也非常暢酣，是我寫作史上兩次最難忘的經歷。現在寫出來作為我們之間友誼的紀念。

（原載《聯合報》，二〇一四年五月一日）

時報文化基金會成立祝詞

一九八二年《中國時報》開闢了美洲版，仍然本其開明、進步的一貫立場，溝通海內外中國人之間的意見。故出版以後立即獲得北美地區中國讀者，特別是知識分子的熱烈反響。一九八四年底，美洲版在蒸蒸日上的情況下，宣布停刊，曾使海外讀者深為惋惜和失望。一直到今天，我還常常聽見學術文化界的朋友說，自從美洲版《中國時報》結束發行以後，美國的中文輿論界便失去平衡了。

但是天下事得失之際正未易言，而且正如中國近代新聞界先驅梁啟超所言「世界無窮願無盡」；只要有志於立功、立德、立言的人，能夠百折不回地堅持其理想和信念，他們所能開闢的天地是沒有止境的。時報文化基金會的創設便恰好為這一顛撲不破的人生真理提供了一個最有力的見證。

《中國時報》深知海外讀者對美洲版停刊的失望。為了答謝各方的關懷和支持，《時報》董事會決心在美國設立一個永久性的文化基金會，以繼續當年開創美洲版的未竟之志。最近美洲《中國時報》原設在紐約和舊金山的廠房和設備都已順利脫售，共得三百萬美元。《時報》便以這筆資金全部充作設立基金會之用。所以《中國時報》美洲版的結束也正是時報文化基金會的開始，這真合乎「失之東隅，收之桑榆」那句成語了。

我個人一向只是《中國時報》的一個普通讀者和作者。但是這次時報文化基金會的成立，承該報董事長余紀忠先生的雅意，邀約了其他幾位在美國學術界的朋友和我共同參加一部分的籌劃工作。現在基金會正式宣布成立，我願意借此機會，就個人理解所及，對這個基金會的旨趣和意義略作說明。

時報文化基金會是依照美國法律在華府登記成立的。它的宗旨包括下列四項：

一、發揚中國文化。

二、推動各地區中國社會的革新與進步。

三、加強中美文化學術的交流。

四、推展下一代華人的中文教育。

這四項宗旨初看起來好像平淡無奇，但事實上是經過大家仔細討論之後才確定下來的。我們都相信「中國」不僅是一個單純的地理概念，更不是一個狹隘的政治概念或種族概念，而是一個廣闊的文化概念。中國文化是一套價值系統；這套系統經過了幾千年的傳衍和發展，不斷地與時俱新，至今仍然活在中國人的心中。文化的範圍至大，個人所取者猶如鼹鼠飲河，不過滿腹，但凡是受過中國文化陶冶的人則無不具有某種程度的中國意識。今天的中國人無論身在何處仍然以自己歸屬於「中國」而感到驕傲，追溯到最後，正是由於一種深厚的文化意識所使然。甚至在顯意識中拒斥自己文化傳統的中國人，依然無法阻止某些中國的價值觀念在靈魂深處潛滋暗長。但是十九世紀末期以來，中國的思想界在嚴重的危機感壓迫之下逐漸趨向混亂，其結果則是一般人對中國文化缺乏明確的認識，因此所謂「發揚中國文化」便是要在現代化的普遍要求之下，重建中國的價值系統。

文化是一種生活的方式。一切文化都是人所創造的，並且也是為人而存在的，我們珍惜中國文化至今仍能使我們心安身泰的那些基本價值，但是我們並不毫無辨別地把中國文化當作一種崇拜的偶像，中國文化進入現代階段以後，確已暴露出不少嚴重的缺陷。這是長期封閉和保守的必然結果。其中有些觀念和習慣，包括個人的和群體的，早已證明和現代生活的基調有基本的衝突。近百年來中國之所以不斷發生變法與革命，便是因為中國人都希望擺脫掉那些不合時宜的思想和制度。但是變法或革命都不免偏重在政治體制的方面，而文化和社會的全面更新則不是政治力量所能單獨完成的。時報文化基金會的第二條宗旨則著眼於此，希望通過文化上的長期努力來推動各地區中國社會的革新與進步。政治上遽變往往容易流於情緒化甚至暴力，但文化上的更新則首先必須訴諸清明瑩澈的理性。宗旨中特別標明「各地區中國社會」也是有深意的。這是表示基金會所關懷的是「文化的中國」的全部，包括中國本土和海外的華人社會。時報文化基金會是在美國設立的，因此美國地區的華人社會當然更是在這條宗旨的籠罩之下了。中國文化是海內外一切中國社會形成的最後根據。中國社會的革新和進化事實上也就是中國文化的現代化。政治民主、思想自由、社會公平、經濟豐裕等理想都是「現代化」的重要內容。但是這裏所說的「現代化」則是以中國文化為其基本前提的。否則「社會的革新和進步」之上便毋須乎加上「中國」兩個字。事實上，「現代化」一詞必須預設某一特殊的文化傳統，而時報文化基金會所要推動的則是中國文化的現代化，歷史證明，每一個民族的文化都可以從內部推陳出新，但絕不可能由另一個外來的文化完全取而代之。中國當然也不是例外。語云：「皮之不存，毛將焉附？」離開了中國文化，現代化又將何所附麗？

宗旨第三條強調中美文化學術的交流，這不僅因為基金會設在美國，而且更由於美國文化顯然已代表了西方文化的最新發展。中、美兩國之間的關係之密和人民之間的友誼之深是有目共睹的。這一趨勢至少在可見的將來只會增強，不會減弱。但就以往的中美文化學術方面的交涉而言，其關係似乎是片面而不是均衡的。換言之，中國曾片面地接受了美國文化，但美國卻沒有受到中國文化的影響。而且更由於中國人對自己文化失去了信心，他們在吸收美國文化時也沒有表現出應有的批判的識力。因此中國人所吸收的美國文化的成分也未必都是很健康的。這種不均衡的局面已到了非打破不可的階段了。無數的事實說明，文化觀點的分歧仍是今天世界動盪不安的重要原因之一。一般地說，美國人對西方系統（包括猶太文化）以外的各民族文化往往缺乏真知灼見。他們對於中東、亞洲、非洲各地區的特殊問題都習慣於從自己的觀點去了解，除了極少數特出的專家之外，美國人是不大能細心體會對方所特有的文化觀點的。中美之間的若干遺憾的往事未嘗不起於文化溝通的不足。就這一點而言，基金會的宗旨強調「交流」不但是必要的而且更是迫切的。但「交流」必須假定中國也有自己的文化和學術可以貢獻於美國。因此這條宗旨也是和第一條宗旨分不開的，如果中國人都不能肯定自己的文化價值，又拿什麼東西去和美國「交流」呢？日本人因為一方面能儘量地吸收西方文化（尤其是法治與科技），而另一方面則始終能不失自己的文化立場，所以才取得今天的巨大成就。正因如此，美國人最近才不得不主動地探索日本文化的奧秘，甚至不得不承認「日本第一」。日本人的例子是最值得中國人借鑑的。

宗旨的第四條也是全部宗旨的一個有機組成部分。為了在美國發揚中國文化，下一代華人子弟的中文教育顯然是刻不容緩的事。一般而言，今天華人子弟在大學甚至中學後期便已多少發展了和中國文化認同的意識。但是在美國教育系統中，中國文化和語文的課程是處在極其邊緣的位置的。事實上，除了極少數大學之外，這種課程是根本不存在的，如果中國人自己再不特別注意推展中文教育，中國文化更如何能在海外獲得發揚？自從一九四九年以後，海外的中國人因為無家可歸，他們已不得不改變「落葉歸根」的舊傳統為「就地生根」的新觀念了。然而他們並沒有

「忘本」；以文化意識而言，他們仍然自覺是「中國人」。從積極的一方面看，這未嘗不是為中國文化在海外生新枝提供了一個良好的機會。美國的華人社會正在一天天地擴大之中，其重要性是不待強調的。怎樣推展中文教育以與美國華人社會的成長取得配合，自然是當務之急。

為了配合上述四項宗旨，時報文化基金會曾初步擬定了若干具體進行的計劃，其中包括學術討論會、專題座談會、著作出版、專題研究各種不同的方式。但這些初步計劃都有待於在實踐中逐步修訂，以期收到最大的效果。基金會本年優先試辦的計劃則是設四十名華裔優秀清寒在學子弟獎學金。據我所知，這是中國人在美所設基金會的破天荒之舉。我相信這次試辦是一個良好的開始。

時報文化基金會的成立在美國是具有特殊意義的。因為它所關注不僅是中國本土社會的前途，而且是美國華人社會的遠景。過去一百多年來，本土的中國人主要是激勵海外華僑怎樣去幫助祖國的發展和進步。這可以稱之為「本土取向」或「中國取向」。在「落葉歸根」的思想支配之下的華僑也都接受這一取向。但是中國本土的政府和社會則往往不太注重怎樣才能幫助華僑在海外「就地生根」並擴大中國文化在海外的影響。這不妨稱之為「新土取向」。時報文化基金會的基地雖在本土，但是它竟能在這兩種取向之間不墮一偏，這尤其是極為難能而可貴的。

我衷誠祝賀時報文化基金會的成立和成功並懇切地盼望海內外人士都來支持這個基金會的艱巨工作！

一九八六年二月廿三日

（原載《中國時報》，一九八六年三月一日）

政府和社會的諍友
——《中國時報》四十周年獻詞

《中國時報》四十周年是中國報業史上一件大事。我個人是《時報》的長期讀者和作者之一，對於這一特別值得紀念的日子自然由衷地感到欣慰，承編者的雅意，希望我談談和《時報》以往的因緣以及對《時報》未來的期待，在我確是義不容辭的。

我和《中國時報》發生文字的因緣大概是在七十年代中期以後。這是因為我在一九七三—七五兩年間回到香港工作，重新和中文報刊建立了關係。我最初在《時報》上發表的文字都是關於文化和思想方面的，「人間」副刊當時十分努力於新觀念、新觀點的宣揚。我的論點雖然從來不「新」，但恰好可以從反面襯托出別人的創新精神。

然而嚴格說起來，我和《中國時報》在精神上的聯繫尚遠在《時報》創立之前，屈指算來，已有四十四、五年的歷史了。這是因為我初識《時報》的創辦人余紀忠先生是民國三十五年的事。那一年我從安徽鄉間到重歸中國版圖的東北瀋陽，剛進高中讀書。紀忠先生是我的父執輩，在東北負有重要的黨政任務。我記得他曾到過我家，並且和我說過幾句話，大概是詢問我的學業狀況。紀忠先生雖在萬忙之中，但仍創辦了《中蘇日報》，是瀋陽最具規模的高水準報紙。整個抗戰八年，我是在一個窮鄉僻壤的小村中長大的，從來沒有見過報紙，所以初讀日報，極感新奇有趣。當時中國最負盛名的全國性報紙是《大公報》，但是由於《大公報》郵運到關外費時，以新聞而言，往往已是明日黃花。我只對《大公報》的「文史週刊」尚留有深刻的印象，其他部分已不復記憶。《中蘇日報》則是我每天必讀的。因此可以說，我的新聞意識最早是由《中蘇日報》啟蒙的。這是我和《中國時報》的一段

「史前史」的淵源，此刻回想彌覺珍貴。

《中國時報》自始即以社會革新自任。這是中國近代報業史上的主要傳統。清末中國的民辦報紙，無論是變法派汪康年的《時務日報》、狄禁青的《時報》或革命派的《蘇報》、《國民日日報》都是以革新中國為宗旨的。至於屬於評論雜誌一型的報刊如《清議報》、《民報》之類，其革新的旗幟更是十分鮮明了。最近十年以來，《中國時報》推動台灣民主改革，不遺餘力，這是有目共睹的。《中國時報》也為此招來了不少的困擾和橫逆，美洲版且因之而停刊。但紀忠先生從不氣餒，表現了「造次必於是，顛沛必於是」的風骨。我個人向來打定主意，儘量避免寫政治論文，因為我對於台灣的實際政治的運作所知太少。但是在蔣經國逝世以後，我曾破戒屢於政治問題妄有敷陳。這主要是因為我完全贊同《中國時報》關於台灣民主化的主張。

在一個面臨著遽速轉變的社會，報紙的功能不僅是如實地反映現實，更重要的是如何引導轉變的方向，成為社會的良心。《中國時報》一向是政府和社會的諍友，現在進入「四十而不惑」的階段，當然更會一本初衷，堅持一貫的原則。台灣的權威式政治體制已在開始溶解，辦紙所感受的政治壓力，與十年前相比，已大為減輕。但是在商業化和大眾化的總趨勢下，來自社會流俗的壓力，反將與日俱增。無論是知識界或新聞界都會感到流俗的壓力較之政治權威更難抗拒。稍一不慎我們便會隨波逐流，陷入「媚世」或「譁眾」的境地而不自知。顧炎武曾說：「某雖學問淺陋，而胸中磊磊，無闇然媚世之習。」我早年讀到這幾句話，頓時有當頭棒喝之感，至今不敢稍忘。《中國時報》從來不屑「媚世」，這是最值得我們敬重的。在慶祝《中國時報》四十週年之際，我謹當追隨它的步趨，以顧炎武之語自勉。

（原載《中國時報》，一九九〇年九月二十九日）

無徵不信，立言不朽

——《中國時報》五十周年獻辭

《中國時報》五十周年報慶是中國現代新聞史上一件最值得大書特書的重要日子。五十年來，中華民國經歷了許多艱困險惡的階段，也創造了無數榮耀光輝的業績。一直到今天，艱困與榮光都伴隨著中華民國的每一步足印。《中國時報》在這五十年中始終構成了國家的一支最重要的精神力量。在艱困時期，它扶持國家渡過難關；在創造時期，它則為整個社會提供智慧與遠見。我們可以毫不遲疑地說：如果沒有中華民國，台灣固然不會出現《中國時報》，但是如果沒有《中國時報》，台灣現代化的進程也必然不會如此順利與迅速。

《中國時報》的前身是《徵信新聞》。這「徵信」兩個字可以說是它的第一個基本特色。「無徵不信」是中國自古相傳的記事信條，然而也是現代新聞事業中一項最根本的職業倫理。自創刊以來，《時報》從不走聳人聽聞的捷徑。它的報導最迅速，然而也最平實可信，因為每一條新聞都已經過了徹底查證的手續。僅憑這一點，《時報》已可列於世界第一流報紙之林而綽綽有餘。但是這尚不過是它對自己的初步要求。

《中國時報》的另一特色是它力求報導的公正與平衡。從國際動向到國內政治、社會、經濟、文化以及日常生活，每天都有無數事件在發生。在多如恆河沙數的事項中，材料怎樣去取，報導怎樣剪裁，字句怎樣斟酌……無一不是極費心神的工作。因為報紙的中心任務便是儘量為讀者著想，把每天發生的重要新聞，以最客觀，和儘可能完備的方式，呈現出來。這和我們研究歷史的要求是完全一致的。唐代劉知幾提出治史必須具有史才、史學、史識三要素，後來清代的章學誠又加上史德一項。辦報也是如此，才、學、識、德，缺一不可。《中國時報》便達到了四德俱全的境界。

最後我還要鄭重指出，《中國時報》在為社會提供翔實周備的訊息以外，自始便承擔著一項更高更重的任務，即督促國家社會的進步。這是中國「士大夫以天下為己任」的現代轉化。其所以是現代的，則在於它並不像傳統士大夫那樣，根據一套已定的意識形態來評論政治與轉移風俗。相反的，《時報》的社論和專論都採取多元觀點，並且「與時消息」，因此它的言論往往表達出絕大多數人民的願望與心聲。但這些言論並不是跟在人民的後面，而是超前一步，因此發揮了輿論先行的指引作用。

以上三項只是擇要而言，因為我不可能在這篇短文中詳盡無遺地列舉出《時報》的所有優點。但僅此三項已足以使《中國時報》優入「立言不朽」之域，特指出以就正於讀者，作為我對於這一重大慶典的祝辭。

（原載《中國時報》，二〇〇〇年九月二十七日）

舊聞與新聞

——壽宗老紀忠先生九十

舊聞與新聞都是中國文化中原有的名詞。《史記．太史公自序》說：「網羅天下放失舊聞，王跡所興，原始察終，見盛觀衰，論考之行事。」這是司馬遷自述他撰寫《史記》的整個程序，用現代的話說，便是他的方法論。所以自漢以來，學者也往往把歷史稱作「舊聞」。

「新聞」這個名稱自然是在十九世紀末年才開始廣泛流行起來的。例如一八九三年上海中英商人合辦了一家《新聞報》，一直暢銷了好幾十年。但把報紙叫做新聞其實並不是西文的翻譯，也不是從日本傳過來的。至少在南宋已經出現。趙昇《朝野類要》（卷四）中便有一段有趣的記載：「其有所謂內探、省探、衙探之類，皆私衷小報，率有漏泄之禁，故隱而號之曰：新聞。」這些「探」，便是當時在中央各機關打聽消息的新聞記者。「小報」更是宋代風行的一種私家報紙。南宋初周麟之便曾上疏〈論禁小報〉。他說：「小報者，出於進奏院，蓋邸吏輩為之也。比年事有疑似，中外未知，邸吏必競以小紙書之，飛報遠近，謂之小報。」（見夏荃所輯《海陵文徵》卷四）這些邸吏顯然是利用他們的職權，私下辦「小報」圖利。這大概可以算是中國私人辦報的開始吧。「小報」的消息雖不一定可靠，但卻比官方出版的「邸報」靈通得多，所以不但朝士爭讀，地方官也搶著看。

我們指出南宋有「小報」的流行和「新聞」觀念的出現，並不是說這點簡單的開始對十九世紀末以來中國現代報業的興起有多大的影響。這個歷史事實以前已有人注意過，但它的意義卻沒有得到闡釋。我現在想借此事實來說明現代中國報學和中國文化傳統的關係，特別是中國現代報人究竟繼承了傳統士大夫中哪一類的學術精神。

首先，我們強調：中國傳統中有新聞報導的根源，是一個重要的事實。這點根源對於西方報學傳入近代中國曾發生過接引的作用。中國自唐宋以後一直有官報（「邸報」或「邸鈔」）的傳統，這是朝廷主辦的；最初大概是手抄的，明末才有印本。清代更有《京報》，完全是用活字版印行的。晚清朝臣建議正式辦官報便往往以這一傳統為根據；最初雖為守舊派所拒斥，但後來終因迫於潮流，不得不開禁。私人辦報至少始於南宋的「小報」已如上述。這個傳統也一直若斷若續地存在，一八七〇年代以後，各地民間報紙的興起不能不說是受了這個傳統的暗示。所以我們要說，中國的報導傳統接引了現代報業的崛興。

今天西方的報學（journalism）和大眾傳播學（mass media）在學術上自成一類，既不屬於人文社會學科，更不屬於自然科學，雖然它和兩者都有密切的關聯。但在中國傳統中，報學自始便與史學分不開。最明顯的是「新聞」這個名詞便是從司馬遷的「舊聞」演化而來的。今天我們熟悉的大眾傳播，無論是報紙、電視、無線電臺等等，其最重要的功能仍然是發掘「新聞」。因此從中國人的觀點說，我們只要改一個字，便可借司馬遷的話來為「大眾傳播」下一定義，即「網羅天下放失新聞」。我是報業和大眾傳播學的門外漢，但就我所知的今天史學界而言，西方史學家中似乎還沒有人把報學和史學看作一家。這在中國傳統中則適得其反，中國史學家一向把報紙和史籍看作一類。

限於篇幅，姑引顧炎武論修《明史》的幾句話以證實我的看法。顧氏在〈與（潘）次耕書〉中說：

然亦有一得之愚，欲告諸良友者：自庚申至戊辰邸報皆曾寓目，與後來刻本記載之書殊不相同。今之修史者，大段當以邸報為主，兩造異同之論，一切存之，無輕刪抹，而微其論斷之辭，以待後人之自定，斯得之矣。（《亭林文集》卷四）

可見顧炎武不但把「邸報」當作史料，而且還認為「邸報」的客觀報導方式——並存「兩造異同之論」——是史學家必須取法的。明清時期流行過一句話：「欲知古事，莫如閱史；欲知今事，莫如閱鈔。」「鈔」即「邸鈔」，也就是「邸報」。所以「舊聞」與「新聞」都是歷史，僅有的「古」、「今」之別，而無性質上的差異。宋代王安石有一句名言：《春秋》是「斷爛朝報」。他是否真說過這句話，不敢斷定。但無論如何「朝報」（即「邸報」）和史書的形式和內容都相似，則從這句話中得了證實，因為《春秋》為「魯史」是公認的事實。中國傳統史書有兩大類，即所謂「正史」與「野史」，前者是政府修纂的，後者出於私家。中國傳統中的報紙也恰好分為兩支：「邸報」與「小報」。這決不是偶然的巧合。

但在近代以前，中國的報業僅有萌芽而已，還談不上開拓了民間社會的空間。所以「新聞」繼「舊聞」而起，使中國的史學精神大放異彩，是十九世紀末年以後的新發展。近代名報人張季鸞曾對中國現代報業和報人的特色做過兩個相關的論斷：第一，在一九三一年五月二十二日〈大公報——萬號紀念辭〉中，他特別指出「近代中國改革之先驅者為報紙」。又說：「近代國家報紙負重要使命，而改革過度時代之國家為尤重。中國有志者知其然也，故言論報國之風，自甲午（一八九四）後而大興，至庚子（一九〇〇）而極興。」（《季鸞文存》第一冊）第二：一九四一年五月十五日，美國米蘇里大學新聞學院贈《大公報》榮譽獎章，他在〈本社同仁的聲明〉中強調：中國報人自有特色，與各國不同，此特色便是「文人論政」。（《季鸞文存》第二冊）

張季鸞先生所說的兩個特色都淵源於中國的史學精神。為什麼可以這樣說呢？

就第一點言，近代報紙之所以為中國改革的先驅是因為它承擔了「經世」的大任；而「經世」則恰恰是中國史學特顯精采之所在。清代章學誠說得最好：

> 史學所以經世，非空言著述也。且如六經同出於孔子，先儒以為其功莫大於《春秋》，正以切合當時人事耳。（《文史通義·朱陸篇書後》）

章氏的話大約本之《莊子·齊物論》中「春秋經世，先王之志，聖人議而不辯」一語。前人註疏以為古代「春秋」這類史書的目的不在於紀錄「陳跡」，而是根據往事發揮議論，以求「利益當時」。章氏則將這一觀點擴大到整個史學上面。根據這個觀點，史學的終極任務是要對當前世界的秩序，有所助益。中國近代處在大「過渡」的階段，推動「改革」自然成為「經世」的主要內涵，清末民初的「新史學」如此，新興的報紙也是如此。「舊聞」和「新聞」在這一點上是統一的。

就第二點說，所謂「文人論政」更是中國史學傳統和現代報學匯流的明證。張季鸞筆下的「文人」主要是深受中國史學陶冶的「士」。梁啟超、章炳麟兩位史學家尤其是最著名的代表人物。章炳麟與宋恕在杭州創辦《經世報》（一八九七）更為報學與史學一脈相承提供了一個顯例。其餘清末民初的傑出報人雖不都是專業史學家，但他們無不具有歷史文化的深厚修養。限於篇幅，恕我不能在此詳舉例證了。

在近代以前，由於報業不發達，論政的責任往往落在史學家的身上。從《左傳》的「君子曰」、《史記》的「太史公曰」到《資治通鑑》的「臣光言」，都是在發揮「經世」的功能。宋代以來，史論逐漸形成中國史學中一個獨立的部門，但史論並不僅僅是評論過去，更重要的是針對現實的利弊發議。陳寅恪說「史論之作者……其發為言論之時……實無異於今日新聞紙之社論時評」，這真是一針見血之論。「舊聞」與「新聞」一以貫之，正是中國報業與報人的一大文化特色。

宗老紀忠先生早年負笈中央大學，正值日本侵凌中國，愈逼愈緊之際，先生領袖群倫，慷慨請願，一時首都人心為之大振。及先生自英倫學成歸來，則獻身黨國，參與抗戰大業，備歷艱苦。但先生平生經世志業之最大者，厥在推動中國現代化的改革，而所選擇的途徑則是梁啟超、章炳麟以來的「言論報國」。蓋先生於「報紙為改革先驅」一義，知之甚深，故以前在大陸時期，雖身負一方黨政重寄，仍不忘新聞事業。回顧我初識先生於瀋陽，遠在民國三十五年。其時我雖童稚無知，然已喜讀先生所創辦之《中蘇日報》。事隔五十餘年，記憶猶在，則當時印象之深，可想而知。

先生在新聞界樹立不朽之盛業，自是移居台灣五十年間日積月累之所致。此為世所共知，毋待縷述。茲所欲特予揭出者，此半世紀中，中華民國的現代化改革日新月異，而每一階段之革新亦無不有《中國時報》報系之心力貫注其間。由是言之，先生平生最大志業已逐步見諸實事，非復早期「文人論政」徒託空言之比矣。

雖然，先生致身「新聞」之精神淵源於中國文化，則仍無異於早期報人如梁啟超、章炳麟之倫也。《中國時報》初名《徵信新聞》，取「無徵不信」之義，此即中國史學傳統之精粹所在。據我所知，先生於「社論」一欄不但全神貫注，且往往親自執筆，數十年如一日，未嘗間斷，此則中國史論之現代化而發揚光大也。

今值先生九十壽辰，母校中央大學特頒贈榮譽博士學位，並舉辦「媒體、社會和歷史、文化」學術研討會，以表揚先生多方面的貢獻。實至名歸，這在先生是絕對受之無愧的。我於先生誼屬宗末，無論如何都應當參與盛會，當面向先生舉觴祝賀。但我的課務未畢，分身無術。現在只能獻此蕪文，以「舊聞與新聞」為題，強挽先生入史學的世界，先生雅量，或能付之一笑歟！

（原載《中國時報》，一九九九年四月二十八日）

一位尊人愛國的偉大書生

驚聞紀忠叔辭世的消息，真是悲從中來，不可斷絕。兩三個星期前，和範英通過兩次電話，第一次我託她向紀忠叔問候，並表達了去年（二〇〇一）十月底在台北想去探望他，因他去了日本，以致錯過了一次見面的機會，心中十分歉疚。我當時又說：現在我在台北最敬愛的長輩只剩下他老人家了。今年暑期我將回台北，那時一定會去拜候他。第二次電話中，範英告訴我：她已傳達了我的話，紀忠叔很高興，問我什麼時候可以來。範英又告訴我：他老人家的精神尚好，只是說話已微弱了。我當時心中已稍有不祥之感。不過，我深知他是一位意志最堅強、生命力最充沛的老人，我還是相信六月底一定可以見到他。現在噩耗突如其來，我竟失去和他老人家見最後一面的機會。這是我絕對不能接受而又無法不接受的痛苦事實。

紀忠叔在中國輿論界所創下的豐功偉業，已經走進史冊，永垂不朽。我寫這篇悼念的短文，想側重在個人交誼方面落筆。唯有如此才能真實地寫出我對他老人家的敬愛和哀思。

我一直稱他「叔叔」，這是從一九四六年在瀋陽開始的，那時我才是一個十幾歲的小孩子。國軍接收東北之後，紀忠叔出任東北保安司令長官部政治部主任，司令長官是杜聿明將軍。先父協中公和杜將軍是老朋友，那時幫助他創辦私立東北中正大學，並且兼有長官部秘書長的名義，因此自然和紀忠叔交往很頻繁。我還清楚地記得，有一次紀忠叔來探訪，先父適外出未歸，我居然有機會和他有幾分鐘的談話，給我留下了很深刻的印象。

當時他只不過三十多歲，雙目炯炯、神采飛揚。最難得的是他對我這個小孩子非常親切、關懷，問了許多有關我學業和興趣方面的問題。一般老一代的中國長輩對小孩子都不十分認真，在這種場合，三言兩語便打發過去了。其實小孩子最敏感，誰真正關心他，誰敷衍他，心中是有數的。我當時便感覺到紀忠叔與眾不同，他是在全神貫注和我交談。這是我今天還能記得我們第一次談話的唯一原因。這說明什麼呢？說明紀忠叔對於「人」的尊重，不管你是大人還是兒童、有地位還是沒有地位。「把人當人」、「人是目的，不是手段」，儒家和康德所強調這些道德價值，在紀忠叔身上是充分體現了的。他一生追求民主、自由，為人權說話，都必須追溯到這一內心的根源。

在瀋陽時期我還記得有和他有關的一件事則是《中蘇日報》，這是他在本身職務以外的另一事業。他辦報很早，好像在戰時西安已經開始了，不過我並不十分清楚。《中蘇日報》是當時東北最有規模和最高水平的日報，我每天必讀。紀忠叔大概從西安開始便有了一批有理想、有能力的年輕政工幹部。其中有一兩位女編輯我還見過，她們追隨紀忠叔已多年，對這位領導佩服得五體投地。這又證明了他對「人」的尊重。後來從《徵信新聞》到《中國時報》一連串的光輝成就，我是毫不覺得意外的。

我再度見到紀忠叔已是在七十年代中期的台北了。他第一次見到我和陳淑平，特別顯得親切而高興，因為他和先岳雪屏翁的關係非常之好。在他《時報》的辦公室中，書桌後面便懸掛著雪翁特別為他書寫的一幅條屏。最初一、兩次我進入他的辦公室，他總不忘記要我看這幅字。兩年前我去看他，那時雪翁去世不久，他還告訴我一個故事。

大概在雪翁生前的最後一、兩年，他曾去探訪。由於雪翁晚年不與外界往來，應門的人總推說「不在家」。紀忠叔知道內情，便說「沒有關係，我們是老交情」。一面說，一面闖了進去。他告訴我，他們不但談得極為融洽，而且談了很久。他告訴我這個故事時，神情上十分滿足。這又是他尊重「人」的一種表現。雪翁久已與世相忘，然而紀忠叔本著「親不失親，故不失故」的精神，還要在百忙中去看望他。所以我和紀忠叔不僅是兩代世交，而且是雙重的兩代世交。正因如此，他對於我也愛護備至，曾自動地做過種種努力，想讓我回台灣為國人服務。我不止一次深為感動，但是我早已將自己的世界限定在我的「小書齋」之內，實在愧負他的深情厚愛。

紀忠叔以「開明、理性、求進步，自由、民主、愛國家」懸為他的辦報宗旨。就他個人而言，他實在從早年起便已實踐了這裡所列的每一項價值。但是我覺得其中「愛國家」一項應放在第一位。他生長在中國苦難最深的時代。他在讀中央大學的最後一兩年剛好碰上一九三一年「九一八」日本侵佔東北的大事件。他熱血沸騰，要求政府抗日，成為南京中央大學學生愛國運動的領導者之一，正如一九一九年「五四」運動時代北京大學的傅斯年、羅家倫、段錫朋一樣。在一次抗議活動中，當時任教育部次長的段錫朋前來疏導。這是當年「為人剃頭者」變成「人亦剃其頭」的局面。紀忠叔在激動之下曾打了段錫朋一個耳光。他為此受到開除學籍的處分。是不是後來恢復了學籍，我便不清楚了。這件事我不但早已從別人處聽見過，而且他自己也曾跟我提起，不過輕描淡寫，不肯渲染他的英雄事跡。

但他是一位真正的愛國者，從大學生時代一直延續到生命的終止。他的一生工作便是最有力的見證。他決不是一個狹義的民族主義者。像孫中山一樣，他的民族主義是和普世價值緊密結合在一起的。否則他的辦報宗旨便不會先數到「開明、理性、求進步、自由、民主」這幾項理念了。但是「愛國家」、「愛民族」畢竟是他的理想主義的原動力，而這一原動力內在核心則仍然是對於「人」的尊重。近百年來中國人一直得不到「人」的待遇。這不僅在國際上如此，在國內也是一樣。中國的統治階層，正如魯迅說的，「一闊臉就變」，從不把自己的同胞當作「人」看待，只是實現其他目的的手段或工具而已。

紀忠叔是自始至終都尊重「人」的，所以他真誠的愛國家、愛民族。這是儒家所謂「愛自親始」。我覺得稱他為「偉大的報人」是不夠的，雖然確是事實。在我的心中，他永遠是一位尊人愛國的偉大書生！

（原載《中國時報》，二〇〇二年四月十日）

方聞的藝術史研究

六十多年來，中國藝術史研究在西方取得了空前的發展。我的朋友方聞則在這一發展中一直扮演著開創性的功能：他寫出了無數的專書和論文，不但觀點新穎、資料豐富，而且方法精密，因而在這一領域中發揮了長期的影響。方聞的輝煌成就不是偶然得來的，我願意先就平時彼此交往之所知，對他成學的背景，略作介紹。

首先我要指出，方聞出身書香門第，聰慧異常，幼年便已獲專師授以經典和書法，因此早有「神童」之譽。他後來雖沒有走經學家或書法家之路，但一筆一劃之間所流露出來的功夫和才華，仍然一望可知。

其次，我想提醒讀者，方聞很早便已決定將他全部學術生命奉獻給中國藝術史，這也是很少人能做得到的。他最初考取了上海的交通大學，那是中國最高水準的理工科學府。但一九四八年他移居美國，進入普林斯頓大學之後，發現自己的才性不在理工，因此毅然轉向人文，而且很快便選擇了以藝術史為主修。大學本科生改選主修課目不足為異。但方聞和人不同之處是他從此以藝術為終身的志業，一天也不肯離開它，大有「君子無終食之間違仁，造次必於是，顛沛必於是」的氣象。這裡顯示出他特有的智慧。什麼智慧呢？蘇東坡說過：「非才之難，所以自用者實難。」方聞不但很早便發現了自己的才性何在，而且還用無比的堅毅把它發揮到了極限。

最後還有一個關鍵性的歷史背景應該特別指出：方聞一走進藝術史的園地，便得到了名師的傳授；這可以說是人生難得一遇的幸運。他在普大讀藝術史，始於本科時期，業師則是羅利（George Rowley，1893-1962）教授，以研究西方中古藝術史馳名當世。方聞深受羅氏的啟發，所以在研究生階段決心追隨他研究歐洲中古畫史，並已選定中古基督教的「天使」（angels）畫像為博士論文的題目。但羅利雖不懂中國語文，卻對中國畫發生了很大的興趣。根據當時西方有關中國畫的介紹和研究，他在一九四七年竟出版了《中國畫原理》（Principles of Chinese Painting）專書，成為一部很能接引後學的著作。

方聞入他之門，正值此書發表不久。由於方聞具有中國人文教育的背景，羅氏因此建議他向中國畫史方面求新發展：將研究「天使」畫像的精密方法轉用到佛教「羅漢」（arhats）畫上面。羅氏恰好知道日本京都的一座寺廟中藏有一套南宋「五百羅漢」的絹畫，其中包涵了宋代人物畫的種種「風格」（styles），希望方聞願意去京都對原畫進行直接研究。方聞最後接受了導師的建議，以「五百羅漢」為題的博士論文終於在一九五八年完成，他獻身於中國藝術史的志業，也從此完全確定了。

羅利對方聞的影響是巨大的，特別在關於中國畫「風格」的比較和分析，以及中國畫史如何依「風格」而分期等等問題方面。事實上，美國下一代的中國藝術史工作者受到羅氏啟發的，頗不乏其人，但方聞卻是其中最年輕而又最多創獲的一位。這裡只舉一個實例便足以說明問題了。

一九五五年李雪曼（Sherman E. Lee）約方聞共同研究一幅名為「溪山無盡」的北宋山水畫，最後出版了一部專書《*Streams and Mountains Without End: A*

Northern Sung Handscroll and Its Significance in the History of Early Chinese Painting》。這篇專論把宋代畫的先後「風格」分成五類，並進一步斷定「溪山無盡」圖代表了轉型期的作品。這一「風格」研究的取徑便是直承羅氏而來，所以兩位作者在書中鄭重致敬。羅氏影響於此可見一斑。

更值得注意的是：方聞此時才二十五歲，而且還是歐洲藝術史的博士生。李雪曼特意找他合作，我想是出於雙重理由：第一是他對於中國傳統文化和古典文學的掌握能力；二是他在羅利指導下，對於藝術史的理論與方法都受到了嚴格的訓練。也許後來羅利先生力主他從基督教「天使」的研究轉向佛教「羅漢」，也和這部「溪山無盡」專著的成就有關。

美國藝術史界一般都稱讚方聞擅長用西方藝術史上長期發展出來的種種分析方法，對中國畫作深入的研究，因而建立起它的真實演進歷程，超越了中國傳統的畫派分類和師承溯源。（參看 Jerome Silbergeld 為方聞最近文集《*Wen C. Fong, Art as History, Calligraphy and Painting as One*》（2014）所寫的導論。）這一評論大體上是正確的，但其中所經過的艱困卻非一言可盡。讓我略作展示。

前面已指出，方聞最初的專業訓練是從歐洲藝術史開始的，他對這一領域的理論和方法早已融會在胸，自不在話下。但這一套理論和方法並不能順手拈來，輕易地移用在中國藝術史上面。這是因為中國藝術是中國文化的一種體現，西方亦然。中西文化之間、中西藝術之間，都是有共同也有其異的。就其中相異的部分而言，西方的理論和方法便往往未必能直接用來處理中國文化史或藝術史上的問題，其中有些根本不適用，有的則必須大作修改和調整。這是一個很複雜、很困難的研究歷程，在方聞的論著中有清楚的呈現。據我所見，方聞基本上是以西方為參照系，試著建立一整套中國藝術史研究的理論與方法；這一嘗試本身便已是一大貢獻。下舉之例或可把我的意思表達出來。

方聞在論著中不止一次討論過二十世紀西方最傑出的藝術史家貢布裡希（Ernst Gombrish）的理論和方法。他對貢氏的不少卓見也很欣賞。如貢氏論時代「風格」的演進，提出先有創始者的「圖式」（Schema），但僅具輪廓，與藝術物件的真實狀態頗有距離，以後則經一代一代後來者的不斷「改正」（correction），而終於達到完美的境地。

方聞承認此說在西方藝術史上的有效性，並且認為它在中國從先秦到漢、唐的畫史上也未嘗不可作有限度的應用。但南宋以下的畫史上不斷地出現了模仿古代大師的運動（方聞稱之為「復古」，貢氏則名之"primitivism"），貢氏關於時代「風格」變遷的一套理論和方法便完全無用武之地了。此中關鍵在於貢氏未能脫出歐洲中心論（Euro-centric）的思維模式。他曾明白表示，在西方傳統中，繪畫的追求與科學並無不同，作品都是從不斷實驗中獲得的新發現。換句話說，藝術史和科學史一樣，是一個直線進步的過程。

在這一觀點下，貢氏對於方聞所謂「復古」，即面向過去大師的「風格」，抱著否定的態度。他認為藝術上「復古」即是倒退，也是對於堅苦得來的文明成就的一種背棄。方聞絕對不能接受這一極端的觀點，因為就南宋以下的中國畫史而言，此說可謂適得其反。所以方聞一方面引宋代士大夫（如蘇東坡）主張向古代大師的「風格」回歸的議論，另一方面又引現代美國哲學家（如亞瑟·丹托〔Arthur Danto〕）的新見解：藝術作為個人精神的內在表現，不可能是直線進步的。由此可見，他為了建立起一套適合於研究中國書畫史的理論和方法，確實費了無限的心力，也取得了可觀的成就。

對於藝術史我是外行，不敢多說。但是從中國史的背景出發，我讀方聞的論著都時時有會心不遠之感。我覺得他確實進入了中國書畫史的內核。例如他討論晚唐張彥遠「書畫異名而同體」之說索引及於張璪「外師造化，中得心源」的名言，我讀後啟悟良多。以前我僅僅「知其然」，但讀後才「知其所以然」。這不僅因為他的理論和方法具有開創之功，而且也由於他熟知歐洲藝術史，在相互比較之中凸顯出中國書畫史的文化特色。

無論我們關懷的是中國文化的過去或未來，方聞的文集都是不能放過的！

二〇一六年九月於普林斯頓

（原載《藝術新聞／中文版》二〇一六年十月號）

余英時文集23
余英時雜文集

2022年11月初版
定價：平裝新臺幣350元
精裝新臺幣550元

著者	余英時
總策劃	林載爵
總編輯	涂豐恩
副總編輯	陳逸華
叢書編輯	黃雅翎
校對	呂玠蓁
內文排版	菩薩蠻
封面設計	莊謹銘

出版者	聯經出版事業股份有限公司
地址	新北市汐止區大同路一段369號1樓
叢書編輯電話	(02)86925588轉5348
台北聯經書房	台北市新生南路三段94號
電話	(02)23620308
台中辦事處	(04)22312023
台中電子信箱	e-mail：linking2@ms42.hinet.net
印刷者	世和印製企業有限公司
總經銷	聯合發行股份有限公司
發行所	新北市新店區寶橋路235巷6弄6號2樓
電話	(02)29178022

總經理	陳芝宇
社長	羅國俊
發行人	林載爵

行政院新聞局出版事業登記證局版臺業字第0130號

本書如有缺頁，破損，倒裝請寄回台北聯經書房更換。
聯經網址：www.linkingbooks.com.tw
電子信箱：linking@udngroup.com

ISBN 978-957-08-6578-3 (平裝)
ISBN 978-957-08-6579-0 (精裝)

國家圖書館出版品預行編目資料

余英時雜文集/余英時著．初版．新北市．聯經．2022年11月．
232面．14.8×21公分（余英時文集23）
ISBN 978-957-08-6578-3（平裝）
ISBN 978-957-08-6579-0（精裝）

848.7 111015714